佐佐木信綱

Sasaki Nobutsuna

佐佐木頼綱

コレクション日本歌人選069
Collected Works of Japanese Poets

笠間書院

『佐佐木信綱』——目次

凡例

一、本書には、佐佐木信綱の歌五十首を載せた。
一、本書は、曽祖父信綱の生涯と、歌人としての本質を明らかにすることに重点をおいた。
一、本書は、次の項目からなる。「作品本文」「出典」「口語訳」「鑑賞」「脚注」「歌人略伝」「略年譜」「筆者解説」「読書案内」。
一、テキスト本文は、『佐佐木信綱全歌集』佐佐木幸綱編（ながらみ書房　二〇〇四年）に拠り、適宜漢字をあてて読みやすくした。
一、鑑賞は、基本的には一首につき見開き二ページを当てた。

佐佐木信綱

01

願はくはわれ春風に身をなして憂ある人の門をとはばや

出典『思草』

願うことは、私は春風にこの身を預け、憂い悩む人々の家を訪ね慰めたい。

この一首は一八九九年（明治三十二年）四月、信綱が立ち上げた短歌結社竹柏会《ちくはくかい》の第一回大会にて「春風」の兼題*で詠まれた歌である。「願はくは」とは「願うことは」、「とはばや」とは「訪問したい、訪ねたい」の意味。一首としては「軽やかな春風に身をなして、憂いある人々のこころを歌の力によって慰めたい」という意味で、これから短歌結社を主宰するのだという二十八歳の信綱の決意や想いが伝わってくる。

*兼題―和歌、俳句の会を開く前に、あらかじめ出しておく題。

この歌意の下敷きには和歌そのもの、また歌を詠むことを大事にすることによって神仏や人々の心を動かし、歌の神様のご加護が得られるのだという『万葉集』、『古今集』の考えがある。信綱は歌を作り、また人々に歌と歌道を広める事によって世の為、人の為になれるのではないかと心から信じてこの歌を詠んだ。後年、この一首について*「人の心の深くに秘められた憂悶を晴らすことは、歌道の徳の一つであるとやうの当時の信念から、其のこころを、意義ある第一回の大会で歌つたのであつた」と述べている。歌人としての決意表明の歌である。

その気概通り、信綱は歌人としても十一冊の歌集を刊行し、膨大な量の歌書を刊行し、研究者として和歌基礎研究の整理を行い、歌壇以外にも文壇、歌舞伎界、唱歌や軍歌、校歌など多くの分野に関わり、そして五島茂、川田順、木下利玄、九条武子、柳原白蓮、五島美代子、前川佐美雄といった優れた歌人を生む。信綱が始めた竹柏会はいくつかの分派を生みながら、歌壇で一番古い（雑誌としても日本で三番目に古くからある）雑誌として「心の花」を刊行し、人々に歌と歌道を広め続けている。

＊『天地人』「自作自註」

02

鳥の声水のひびきに夜はあけて神代に似たり山中の村

出典『思草』

鳥の声や岩清水の流れる音に、夜が明けてゆく。山中の村の夜明けとは神代のようだ。

明治三十六年に刊行された信綱の第一歌集『思草』の巻頭に置かれている一首。鳥の鳴き声、水の流れの響き、夜明けと清々《すがすが》しい響きが聴こえてきて、神の時代を垣間見《かいまみ》せてくれる一首だ。

第四句を形容詞又は動詞で切り、第五句を体言で止めるのは新古今*以来の風尚《ふうしょう》で、江戸末期桂園*《けいえん》の門流などにも好かれた格律である。

この歌の背景は小尾《おび》保彰という人物が明治三十六年の「心の花」に「峡中

*新古今―『新古今和歌集』のこと。鎌倉時代前期の第八番目の勅撰和歌集。

*桂園―和歌の一流派。香川

記上・中・下」として記している為、詳細に追うことが出来る。それによれば、明治三十六年四月下旬、甲府での歌会を終えた信綱は小尾らと三人で雨の降る昇仙峡《しょうせんきょう》をのぼり、御岳《みたけ》に近い山村の旅荘に宿泊する。掲出歌はその翌朝を詠ったようである。小尾は「筧の音枕に響きて眠りは覚めたり。戸あくれば空はぬぐひし如く晴れ渡れり。今日わくる山路の景色など思ひつゝ。起き出でて氷よりも冷たき岩清水に口をそゝぎつ。」と書いている。この事から一首の季節が春であること、また「水のひびき」は筧を流れる岩清水の音であることがわかる。

この歌が巻頭の一首となっている理由について佐佐木幸綱は*「旅行詠だが、清澄な世界が気に入って、信綱は巻頭に置いたのだろう。『思草』一巻の指向するところは一言でいえば〈清澄〉であるからだ。季節は春。時刻は朝。これも巻頭歌に据えた理由であったろう。」と記している。

景樹とその門流をいう。

*佐佐木幸綱『佐佐木信綱』（桜楓社刊　一九八二）巻末「読書案内」参照。

03

幼きは幼きどちのものがたり葡萄のかげに月かたぶきぬ

出典『思草』

幼い子供どうしが、無邪気に話したり遊んだりして楽しんでいる。そうしている間に葡萄の木陰に月がしずみ、夜がふけていくよ。

子供の純粋な時間や心、小さな世界を描いた作品。子供達の輪郭の丸い葡萄の枝葉のシルエットが重なる。その向こうには傾きだした月が見える。反遠近法で描かれていて絵本を開き見るようなメルヘンチックな情景が想像できる。

子供と葡萄と月。絵画的で童話的な取り合わせからは明治の翻訳文学の影響を見て取る事ができる。これを最初に発見し評価したのは斎藤茂吉*。「清

*斎藤茂吉―山形県生まれ。

新で、仏蘭西印象派の絵に対するやうな心境をおぼえる（中略）声調にもやはり西洋を感ぜしめる。（中略）明治新派運動の産物といふことになり。」（『余情』昭23・6）と絶賛し、この一首は当時有名な一首となった。

「どち」は古語で「仲間、連れ」という意味。

結句「月かたぶきぬ」は時間の経過とともに、『万葉集』人麻呂の「東の*野にかぎろひの……」と同じ構図である。

輸入文学の雰囲気と和歌の型とが合わせられた意欲的な作で、この歌が掲載された号の「心の花」には匿名ではあるが、「西欧の詩を視野に入れよ。短歌を狭くとらえず、むしろ広くとらえることを心がけるべきである」と信綱とおぼしき主張が記されている。又、谷岡亜紀*は信綱の「メルヘン、ファンタジー物語性、大胆な比喩、イマジネーションの飛躍、そしてそれを支える幻想的、象徴的な映像性」の先に弟子の前川佐美雄がいるとしている。

このモチーフとなったのは当時信綱が住んでいた神田小川町の家のようだ。信綱の孫、福田恵美子氏によると、信綱の家の隣家の大きな庭に葡萄棚があり、子供達がよく遊んでいた。信綱は仕事の合間に幼子達に暖かい視線を送っていたという。

東大医学部卒。正岡子規、伊藤左千夫に師事。「アララギ」の中心的な同人。歌集「赤光」「あらたま」によって文壇を瞠目させた。（一八八二〜一九五三）

＊東《ひむがし》の野にかぎろひの立つ見えてかへり見すれば月かたぶきぬ―巻一・四八

＊谷岡亜紀著『言葉の位相』

04

ゑひにけりわれゑひにけり真心もこもれる酒にわれ酔ひにけり

出典『思草』

―酔った、酔った、真心こもる酒に自分は酔ったのだ。―

「ゑひ」とは古語で「酒に酔う」という意味。また、何かに夢中になって我を忘れるという意味を持つ。この一首では「酔った、酔った、私は酒に酔ったのだ」と自分が酔ったことしか言い表していない。

歌意はシンプルだが声に出して読むと面白く、愛唱性を持った歌である。魅力となっているのは「ゑひ」「ゑひ」「酔ひ」と三度くり返される「酔ひ」の韻律。音読するとリフレインが面白く、また間を開けながら幾度も酔い具合を発信しているのが酔った人間の情緒や高ぶりをうまく言い当てている。
韻律と共に一首の魅力となっているのは「真心」という言葉であろう。「この酒には真心がこもっている」と信綱は表現する。真心は*杜氏《とうじ》が時間をかけて酒に込めた心だろうか。又はお酌をしてくれた人や、料理を振る舞ってくれた人の心だろうか。

一首から情景の細部を読み解くことは出来ないが、そもそも酒に酔った人の言葉を細かくつつくのも野暮なのかもしれない。信綱は自身の歌論のなかで「歌心はめづる心である」とし、「酒の歌は酒をめで、酔心地をめづる心に生れる。」と記している。この一首からは酒が染み入った心身の朗《ほが》らかな気分と、おおらかな感謝の気持ちを味わえばいいのだろう。

勤勉な性格であった信綱は勉強時間を確保する為にあまり酒を飲まなかった。しかし大伴旅人の様な歌と酒の関係にはあこがれていたのだろう。この酔ひの一首を愛し、度々引用している。

*杜氏—酒を作る職人の長。

05

大門のいしずゑ苔にうづもれて七堂伽藍ただ秋の風

毛越寺大門の礎は苔に埋もれて、かっての七堂伽藍の跡にはただ秋の風が吹き渡っておるよ。

出典『思草』

一八九九年（明治三十二年）秋、信綱は仙台、松島、平泉を周遊し、その旅を詠んだ「みちのく百首」を「心の花」同年十月号、十一月号に発表する。掲出歌はそんな歌群の中の一首だが「毛越寺懐古」と詞書《ことばがき》*があり、奥州平泉の毛越寺《もうつうじ》*を詠んだ歌であることが分かる。

歌意は栄枯盛衰で「藤原氏三代の栄華を象徴した毛越寺の南大門をしめす礎石が苔に埋もれている。かつてこの場所には目を奪うばかりの壮大な大伽

*詞書―和歌でその歌を作った日時・場所、背景などを述べた前書き。題詞。

*毛越寺―岩手県平泉町にある天台宗の寺。「もうつじ」

藍があったのだろう。今はことごとく消亡して、ただ秋の風のが吹いているだけだ。」と無常を詠っている。

七堂伽藍《がらん》は塔、金堂、講堂、鐘楼、経蔵、僧房、食堂といった寺の主要な七つの建物のこと。伽藍は「がらんとしている」の語源でもある。一首を読んだ読者はその響きから静寂を想像する。

四句目までの鮮やかな情景は、五句目を読んだとき幻であったことが示され、読者の前から風と共にがらんと消え去ってしまう。

この結句は、『新古今集』の

人住まぬ不破の関屋の板びさし　荒れにし後はただ秋の風　藤原良経

が下敷きであろうか。秋風は古来から時の流れや無常観を人に想像させるのだろう。毛越寺は『奥の細道』の〈夏草や兵どもが夢の跡〉の句の舞台でもある。

「もうえつじ」「もうおつじ」とも。本尊薬師如来。八五〇年円仁の開創と伝える。一一〇五年藤原清衡・基衡が再興し、中尊寺をしのぐ大寺だった。平安時代末様式の庭園を残す。

06

やま百合の幾千の花を折りあつめあつめし中に一夜寝てしが

出典『思草』

山百合の花を幾千と折り集めて、集めた中で一晩寝てみたいものだ。

白くて大きな花びらや強い芳香、粘り気のある花粉などの特徴がある山百合。風に揺らされて香りを振り撒く様は清爽感にあふれている。そんな山百合の花を幾千と手折りて集め、その中で寝てみたいと作者は願う。結句《けっく》「しが」は自己の願望を表す古語。その心境の背景には、『万葉集』など古代で詠まれた「若菜摘み」や「すみれ摘み」、「草枕」や「手枕」、「岩枕」などへの憧れがあるのだろう。

四月に竹柏会の第一回大会を開催した信綱は、八月家族を連れて大磯に家を借り遊行。更に「大磯百首」を詠む。晩年に著した信綱の回想録、『作歌八十二年』[*]を開くと

「八月　家族一同で大磯へ避暑にいった。谷あいの家であったが、近くに清い泉が湧き出ておったので、朝とくといっては静かに歌を思い、「大磯百首」をものした。」

と記されており、山百合の咲く山で過ごした楽しさがモチーフだったのが分かる。

この時、信綱は小花清泉や長寿吉と魚釣りをし、「万葉字格」若者の花水庵春登の庵を探し歩く。鴨立庵では西行の

心なき身にもあはれは知られけり鴨立つ沢の秋の夕暮

の歌碑建立に立ち合っている。大磯は信綱にとって思い入れのある土地の一つであった。

＊『作歌八十二年』――（毎日新聞社刊　一九五九）巻末「読書案内」参照。

07

ゆく秋の大和の国の薬師寺の塔の上なる一ひらの雲

出典『新月』

去り行く秋、薬師寺の塔の上には一片の白い雲が浮かんでいた。

信綱の一番有名な歌であろう。第二歌集『新月』の十一首の連作「大和めぐり」の中の一首で、舞台は薬師寺*東塔。一三〇〇年前に建てられた三重塔である。

「ゆく秋」とやわらかな詠み起こしから、秋空の前にそびえ立つ薬師寺東塔。相輪には一片の雲がかかって見えている。素朴な叙景歌であるが、大和の秋の情趣が想像でき、爽やかな読後感を感じることが出来る。

＊薬師寺―奈良市西ノ京町にある寺。法相宗の大本山。天武天皇の遺勅により藤原京に建立され、七一八年遷都により現在地に移る。伽藍配置は中門と講堂をつないだ回廊内に金堂と三重の

東西両塔をおいている。

この歌の構造的な特徴は名詞と助詞の多さである。名詞が多い歌は焦点があちらこちらに分散させてしまうが、この歌の名詞は「ゆく秋」、「大和の国」という大きな把握から、「薬師寺」、「塔」と次第に焦点を絞ってゆき、最後に塔の相輪が触れる雲へと視点が鮮やかに解放される構造になっている。

視点の移動は、すべて助詞の「の」でつながれているのだが、規則正しく繰り返される「の」のリズムは穏やかな歌意や「や」の音と合わさり、伸び伸びとした韻律を与えている。信綱によるとほとんど推敲がなされず、一瞬で生れた歌だという。

鮮やかな景とリズムの良さが信綱の自然体によって合わさっていることがこの歌の魅力となっているのであろう。奈良を詠んだ歌を信綱は大事にしていた。「大和は心のふるさとのやうに思はれ、いつおとづれても懐しさの尽きぬところである」と記し、秋の奈良を詠んだ自身の代表歌として掲出歌を、春の奈良を詠んだ自身の代表歌として

藤原の大宮どころ菜の花の霞めるをちの天の香具山

という作をよく引用している。

08

手とりかはし笑みてら談《かた》らなこの国の遠つ聖に多く学びき

出典『遊清吟藻』

この国の聖賢に多くを学んだ我である、この国の人々と手を取り交わし、笑顔を交わし、語らなければ。

信綱は明治三十六（一九〇三）年十一月から翌年一月末まで、中国（当時の清国）*江南地方を船旅で廻っている。そんな旅行中に詠まれた一首。『作歌八十二年』には「杭州」「偶感」と記されている。

「談らな」は「語り合おうではないか」、「この国」は「清国」のこと。「遠つ聖」とは信綱が幼い頃から漢文で慣れ親しんだ*孔子、*孟子、*老子、*荘子を指す。

*江南―中国の淮河以南の揚子江中・下流域を指す。

*孔子―中国、春秋時代の魯《ろ》の思想家。儒教の祖。（前五

字余りの初句から始まり、清で出会った人々と笑いあい、語り合おうという歌の前半。動詞が多くて慌ただしいが、そこには信綱の意気込みや興奮が表れているのだろう。自分が中国の思想にどれだけ影響を受け、学び、愛しているか、中国の人々と語り合いたい、感謝を伝えたい。そんな気持ちが伝わってくるこの歌が詠まれたのは日清戦争から十年も経たぬ時期。同時代の別の歌人の歌集を開くと清国に対して差別的な歌も多く詠まれているのだが、信綱の歌からはそういった差別意識がほとんど伝わってこない。鄒*双双はこういった差別意識を持たずに寄り添った感覚が信綱の歌の大きな魅力であると語る。清国の人々と共に語らい漢詩に登場する地へ赴いてゆく信綱の視点は当時からすると先進的な感覚だろう。

晩年に著した自伝『ある老歌人の思ひ出』*には、この清国での旅が「これ亦歌人の夢であつた。」と記されている。又、亡くなる年に抄出した佐佐木信綱自選百首（「短歌研究」昭和37年3月）にはこの歌を含めた『遊清吟藻』の歌十三首があげられている。

五一～四七九）

＊孟子―孔子の思想を継承。性善説に基づいた王道政治を説き、富国強兵に反対した。（前三七二～二八九）

＊老子―道家の開祖。春秋時代の楚《そ》の思想家。生没年未詳。

＊荘子―宋の思想家。儒教の思想に反対し、道家思想を中心とした独自の形而上学的世界を開いた。生没年未詳。

＊『佐佐木信綱研究』2号

＊『ある老歌人の思ひ出―自伝と交友の面影』（朝日新聞社　一九五三）巻末「読書案内」参照。

09

小羊がせなかまろめてねむりをる門《かど》の日あたりに履《くつ》ぬふ少女

出典『遊清吟藻』

門のそばで小羊が背中を丸めて眠る昼下がり、履《くつ》を縫っている少女がいる。

中国河北*省を旅している際の歌。昼下がり門のそばで小羊が背中を丸めて眠っており、その隣に少女がいる。「履《くつ》」を「縫《ぬ》う《ふ》」とあるので、伝統的な布靴を縫う作業をしているのだろう。小羊と少女の間には信頼関係があり、小羊は安心して眠っているのだろう。

「せなかまろめてねむりをる」のひらがな表記からは午後の穏やかさや、羊と少女の輪郭の柔らかさが強調される。旅の途中で見た一風景ではあるが、

*河北―北部の省。黄河下流の北方、渤海に臨む。域内に首都北京がある。

信綱の特徴の一つである童話的な要素を持った一首に仕上がっている。

掲出歌には「三遊洞」との詞書があり、河北省西陵山の絶壁にある洞窟、三遊洞が舞台であることがわかる。

三遊洞には唐代の詩人白楽天*（白居易）と、弟の白行簡、元稹の三人が訪れ、それぞれ詩を詠み、そのうち白楽天が詠んだ『三遊洞亭』が岩壁に刻まれまれたというエピソードがある。そんな歴史への憧れと共に信綱はこの地に足を踏み入れたのだろう。

掲出歌の前には白楽天を詠った

わが前に槻の葉ちりく白居易が遊びけむ日もかくや散りこし

や、洞窟を詠った

老法師くどくどといふかたちよき鍾乳石を掌にのせ

といった歌が並んでいる。

＊白居易《はくきょい》―字は楽天。中唐の詩人。官史の職にいや気がさし、晩年は詩と酒と琴を三友とする生活を送った。その詩は平易明快で日本にも早く伝わって平安文学等に大きな影響を与えた。詩文集「白氏文集」。（七七二～八四六）

10

見おろせば金陵百里風さむし誰またここに都建つべき

出典『遊清吟藻』

丘から見下ろせば南京の遥か彼方まで風が吹き抜けてゆく。誰かがやがてこの地に都を再び建てるのであろう。

南京市郊外にある標高六十メートルの丘、雨花台に登って詠んだ作。「金陵」は南京の古称。「里」は距離の単位で一里の長さは時代や地域によって異なるのだが、当時の日本の単位で計算すると百里は約三百キロメートルほどだろうか。

丘から見下ろせば南京の遥か彼方まで風が吹き抜けてゆく。この美しい土地に誰かがやがて都を建てるのであろう。一首の大意はそんな感じであろう。

南京は中国四大古都の一つで、一四世紀から一五世紀にかけては世界最大の都市だった歴史を持つ。また雨花台には南宋の詩人陸游*が「江南第二泉」と評した泉や、乾隆帝*の碑、方孝孺*の墓など史跡が多く残っている。

信綱は雨花台から眺めた南京について「王気のこもつた地で、紫金山が紫に霞んでをる景など、いかにも豊かな観を受けて、都たるにふさはしく」感じ、この歌を詠んだと記している。南京の地平を吹き抜けてゆく冷たい風は、南京興亡の歴史にも重なっている。

この歌が詠まれた後、南京は蔣介石の国民政府の都となり、日本軍の占領を受け、汪兆銘政権（南京国民政府）の首都となり、中国人民解放軍に占領され…歴史の興亡を繰り返し、現在は人口世界第五十七位の大都市に成長している。人を魅了する土地なのだろう。

信綱は丘から眺めた南京の景色と感慨を題材にした短編小説を書き、「帝国文学」*第十一巻（一九〇五年（明治三十八年）三月発行）に発表する。それは雨花台で中国人、フィリピン人、日本人の青年がアジアの未来を語り合い、酒を酌み交わしながら歌や詩を詠みあうという内容であった。

＊陸游―南宋の剛直激情の愛国詩人。詩は「剣南詩稿」85巻に、散文は「渭南文集」50巻に収められている（一一二五～一二一〇）

＊乾隆帝―清の第六代皇帝。学術を奨励し「四庫全書」等を編纂させたが、禁書・文字の獄を強化した。（一七一一～九九）

＊方孝孺―明の学者。恵帝の侍講となり、国政に参与。永楽帝の即位詔勅の起草を命じられたが、拒んで磔刑に処せられた。（一三五七～一四〇二）

＊「帝国文学」―学術文芸雑誌。一八九五～一九二〇年、井上哲次郎・上田万年・上田敏らが、機関誌として発刊。海外文芸思潮の紹介など、論説などにみるべきものが多い。

11

街にゆく夜の道狭し影戯みる老人が手のやき栗のにほひ

出典『遊清吟藻』

異国の街へと続く狭い夜道。影絵を見ている老人の手から焼き栗の匂いがたっている。

前出の歌と同じく、清国を旅した際の一首。この歌では現在の湖北省の武漢市の北部地区、漢口を旅している。漢口は揚子江と漢水の合流点の北岸で、交通の要地であった。当時から多くの人で賑わっている街だったのだろう。「影戯」は紙人形を使った影絵芝居。牛や羊などの皮でカラフルな人形を作り、太鼓、胡弓、鉦などの音楽に合わせ、セリフをつけて紙のスクリーンに投影していた。人形遣いと楽器奏者の五人ほどが一座を組み、各地の広場や路地で芝居を開催し、観客はスクリーンの周りに座り茶を飲みながら目と耳で楽しんだ。

　掲出歌では夜の街へと続く狭い道から、影絵をみる観客たち、観客の老人の指の焼き栗の匂い、と視点が具体的に展開してゆく。作中主体と共に人とすれ違いながら路地を歩く様だ。情景が楽しく、また暗がり、狭い道、異国の影絵、すれ違う人々と異国人としての自分の存在が際立ってゆく言葉の並びが、焼き栗の甘い匂いに着地する事で一瞬だけすれ違った人々の人間味や生活感を我々に伝えてくれる。

　信綱は『遊清吟藻』の中でこういった庶民の生活や仕草に対し旺盛な好奇心を見せ積極的に属目詠を詠んでいる。

　同時代の*斎藤茂吉や*与謝野鉄幹、*晶子が多くの海外旅行を行い、海外詠を残しているのと比べ、信綱の海外旅行はこの清国への旅だけとなった。

　本人も晩年にそれを後悔しているのだが、清国での船旅の途中に船が揺れ死ぬ思いをした為一度だけの海外旅行になったと『ある老歌人の思ひ出』に書き残している。

*斎藤茂吉──［03］注参照。

*与謝野鉄幹──落合直文の門に学び、浅香社を結ぶ。「明星」を創刊して妻晶子とともに浪漫主義運動を推進、明治三十年代の詩歌壇を主導した。（一八七三～一九三五）

*与謝野晶子──明星派の代表的歌人。処女歌集『みだれ髪』によって大胆に女性の官能と情熱をうたいあげた。（一八七八～一九四二）

12

まがね鎔《と》け炎の滝のなだれ落つる溶炉《ようろ》のもとにうたふ恋唄

出典『新月』

鉄が溶け炎の滝となってなだれ落ちる鉄工所の溶炉、我は恋の歌を歌っているのだ。

明治四十五年刊行の第三歌集『新月』の巻頭歌。「まがね」とは真金、鉄の事。「鉄が溶け炎の滝となってなだれ落ちる鉄工所の溶炉の前で、我は恋の歌を歌っているのだ」という歌意になる。煮えたぎる銑鉄《せんてつ》の描写で始まった一首は恋唄に着地する。信綱は明治三十八年十一月に足尾の溶鉱炉を見学しており、「猛火の瀧ほとばしりたぎつ熔爐の前たふときかもよ灼熱せる顔」という歌を「心の花」*明治四十四年八月号に発表

＊「心の花」─巻末「読書案

している。また帚木蓬生の小説『国銅』にはたたら製銅の際に人夫が恋の歌や家族への想いを唄う描写があり「恋唄」も実景だったのかもしれない。しかし歌では掲出歌は実景ではなく、真金の溶けた炎の滝を、恋唄を歌う行為に重ねられていると詠むべきだろう。大きく異なる二つの存在が一首の中で響き合い、読後に不思議な印象を残す。今読んでも斬新な一首であるが、『新月』が刊行された大正元年当時では相当なセンセーショナルであったかと思うのだが、この歌が発表された時代、歌壇ではアララギの自然主義が流行し、あるがままの事実を描き出す事を良しとしていた。

　当時の書評を調べると、*古泉《こいずみ》千樫《ちかし》は「この一首でもよく解るやうに如何にも作者内生活の燃焼がない。故に作者の心持を味ふよりも先に鎔炉と恋唄の調和対照の関係だけが目につく。生のひびきが表現せられるより先に物の関係が理解せられるのである」（「アララギ」1913.2）と辛辣に批評している。

　歌壇の時流に乗ることは出来なかった様だが、信綱は新時代の科学技術や風俗を積極的に詠い込み、翻訳文学の影響も取り入れ、新しい表現への挑戦を試みてゆく。

内」参照。

*古泉千樫―伊藤左千夫に師事。「アララギ」同人となる。写生を基調とした端正な抒情を特徴とする。のちに「日光」に参加。（一八八六〜一九二七）

13

春の日は手斧に光りちらばれる木屑の中に鶏あそぶ

出典『新月』

春の光を反射させつつ手斧が木を削っている。その木屑の中で放し飼いにしている鶏たちが遊んでいるよ。

製材現場での歌。春の光を反射させつつ手斧で木を切っていた大工がいたのであろう。大工は席を外し、人が居なくなった製材所ではその木屑の中で鶏たちが遊んでいるのだと私は読んだ。

大工は、老人か若者か。手斧は置かれているのか、又は振われているのか。日常詠なのか旅行詠なのか。背景の像をはっきりと結ぶことは出来ないが、「春の日は」という歌い出しや「手斧に光り」の鮮やかさから、暖かく長閑な雰囲気がわってくる。

そんな長閑な情景に不安がよぎるのは手斧と鶏の関係ゆえであろう。振るわれている手斧は、いつかまた春の光を散らばせながら、鶏の首にも振り下ろされるであろうことを読者は予感する。生活の美しさと、その生活が内包する残酷性。不気味さを含む斧と無垢な鶏の対比がこの歌の骨格であろう。

軒先の鶏と刃物をかけ合わせた歌では斎藤茂吉の

めん鶏ら砂あび居たれひっそりと剃刀《かみそり》研人《とぎ》は過ぎ行きにけり

が有名であるが、茂吉の歌は一九一三年（大正二年）刊の『赤光』*収録。信綱の初出は一九〇九年（明治四十二年）の「心の花」であるので無邪気な鶏と刃物を一首に収める構図は信綱がいち早く発見した構図である。

*『赤光』―茂吉の第一歌集。一九一三年刊。写実を基調とし、生への愛惜と悲哀の強烈な人間感情を官能的に詠う。

14

蛇遣ふ若き女は小屋いでて河原におつる赤き日を見る

出典『新月』

見世物小屋の蛇使いの女が、見世物小屋を出て、河原に落ちる美しい夕日を見ている。

「蛇遣ふ若き女」とは見世物小屋の蛇女のこと。蛇を体に巻きつけたり、鼻から入れて口に通して出したり、蛇に噛み付いてみせたり、蛇の刺青を披露したりといったショーを行っていた。そんな過激な仕事をする女が夕日を眺めている。

昔は見世物小屋で働く者には口減らしのために地方で売られた者や、身体障がい者も多かった。「若き女」にもそういった悲しい過去を経て、蛇女となり生計を立てているのかもしれない。

小屋とは蛇使いの女の舞台であり控室でもある小屋なのであろう。夜の舞台の前に夕日を眺めているのだ。蛇女という奇異の目にさらされながら生きている一人の人間と夕日の対比が美しくて切ない。

『新月』で信綱は様々な試みを行っている。歌枕ではない土地を詠み、鉄工場など最新のものを詠み、作中主体を変化させている掲出歌で描こうとしたのは退廃美であろう。

よき事に終りのありといふやうにたいさん木《ぼく》の花がくづるる
月の夜を黒き衣《きぬ》きし一むれの沈黙《しじま》の尼は行き過ぎにける
海にゆく小石の道がほんのりとうす桃色に匂ふ夕ぐれ

といった独特の頽廃美の歌があり、この時期の信綱の特徴となっている。

15

しめやかに光おとしぬ月よみは、眠れる古き都の上に

―夜の奈良の町の上に、月が静かに光を落としているよ。―

出典『新月』

『新月』の最終章近く「大和八首」中の一首。「月よみ」は古語で、月の神、もしくは月の意味。

「夜の奈良の町の上に、月が静かに光を落としているよ」と、いかにも日本的な情景を詠っている。どこかの丘から俯瞰しているのだろう。月に照らされて、奈良の寺院や古き町並み、山の輪郭も見えてくるようだ。

静謐な情景に加え、万葉人もこの景色を見ていたのだろう、という信綱のしずかな興奮も伝わってくる。『万葉集』の景色が残る奈良という古都。そ

して寺院や和歌の知識が信綱にこの一首を詠わせたのだろう。

『新月』は信綱の歌集の中で特殊な一冊である。歌集には序文や目次、後記が付いていない。溶鉱炉や炭鉱など新しい素材を歌の素材とし、ファンタスティックな雰囲気やシュールさ、世紀末的頽廃に着地させている歌が多い。そんな自由奔放で挑戦的な歌集の中で、大和を題材とした作品だけが連作として置かれている。

藤原の大宮所菜の花の霞める遠をちの天の香具山

ちらばれる耳成山や香久山や菜の花黄なる春の大和に

水荘のねざめに白くながれ入る吉野の淀の暁のもや　『椎の木』

ほとんどの歌が一首一首で独立している中で、連作*という形で収録されたものは巻末の「大和」八首と「大和懐古」三首のみである。

信綱は奈良に切り離せぬ歴史や日本の美を感じたのであろう。意識的に生涯奈良の歌を作り続けた。

＊連作——一人が同じ主題で数首をつらね、全体として特別な味わいを出そうとする作り方。また、その作品。

16

野の末を移住民など行くごときくちなし色の寒き冬の日

出典『新月』

―野の末を行く移住民の様である。くちなし色の冬空がある。―

見出しが無く、歌が一首一首独立して並ぶ歌集『新月』の中の一首。作中主体は陰うつな空を情景に出し、野を行く移住民の心情に思いを馳せている。「野の末」という島国に馴染まぬ語や、「くちなし色」という少し赤みのある黄色からは、地平からの風と共に砂が吹き付けてくる大陸的な情景を思い浮かばせる。

安住の地を求め歩く人々の不安や憂いが想像されるが、信綱は「移住民」にどんなイメージを抱いたのであろうか。信綱の自注を見つけることは出来なかったが、中国での旅が下地にあるのかもしれない。また信綱が当時森鷗外の私邸で開かれてた観潮楼歌会*に出席し、与謝野鉄幹や晶子、啄木といった歌人や、英文学、仏文学の翻訳家と多く交流を持っていたことを考慮すれば、「野の末」や「寒き冬」などの言葉から想像を広げアイヌ民族やユダヤの民など移住を強制させられた歴史上の人々の姿を思い浮かべることも出来るであろう。久保田正文は『現代短歌の世界』の中で「この一首には新詩社系作家も根岸短歌会系作歌も発見しえなかった、ユニークな詩情がとらえられている」「哲学的な重さ、近代的なメランコリアを底によどませている。」と高く評価した。

*観潮楼歌会―鷗外が短歌諸派の交流を企図して、一九〇七年3月から一〇年4月まで、毎月第一土曜日の夕方、文京区千駄木の自宅で催した。

17

まっしぐら駒走らして縦横《じゆうわう》に銀の鞭ふる秋風の人

まっしぐらに馬を走らせ、縦横に銀色に鞭を振る秋風の人がいる。

出典『銀の鞭』

「駒」は小馬や馬の意味の古語。鞭を振りながら馬を走らせているのは誰であろうか。どこへ向かって急いでいるのだろうか。一首から情景を細かく描くことは出来ないが、そのぶん一心にどこかへ駆け抜けようとしている人間の姿が想像できる。風を切る鞭や馬の蹄の音も聞こえてくるようだ。

「銀の鞭」は銀色の金属で出来た鞭という意味ではなく、激しく振られて銀色に輝いて見えている鞭という表現なのであろう。また「銀」という言葉が持つ西洋の魔除けや呪術の信仰や、純真無垢の意味も含まれているかもしれない。

結句は「まるで秋風の様な人」という意味か、それとも疾走する馬に乗り鞭を振り「秋風を起こす人」の意味か。また古来、和歌の「秋」は「飽き」の掛詞*として詠まれることが多かった。

消えわびぬうつろふ人の秋の色に身をこがらしの森の下露
藤原定家『新古今和歌集』恋四、一三二〇

しののめの空きり渡りいつしかと秋のけしきに世はなりにけり
紫式部『玉葉和歌集』秋上、四四九

など、人の心の移り変わりを秋にかけて詠み込んだ歌が多い。

物寂しさを感じさせる季節、少し疲れを感じながらも、馬と自らを叱咤し、一心に駆け抜けようとしている男の表情が浮かんではこないだろうか。四十代、人生の秋を迎える信綱の第四歌集『銀の鞭』のタイトルとなった一首である。歌集には疲労が感じられる歌や厭世的な歌も多い。

*掛詞―主に韻文で用いられる修辞上の技法の一。同音異義を利用して、一音に複数の意味をもたせるもの。

18

万葉集巻二十五を見いでたる夢さめて胸のとどろきやまず

出典『銀の鞭』

万葉集巻二十五を見つける夢を見てしまった。夢からさめたのに胸の轟はまだやまぬ。

信綱は古写本の調査、発見、研究で多くの業績を残している。「梁塵秘抄」をはじめ信綱によって発掘された資料も多い。中でも『禬本万葉集』の編纂は信綱の最大の業績の一つである。それまで日本中にばらばらに分蔵されていた『万葉集』の古写本や校本を調査し、比べ合わせて、本文の異同を確かめたり誤りを見つけながら定本となるものを編集するという国家的作業で、十三年の歳月をかけて完成させている。掲出歌はそんな編纂作業の為に日本中を駆け回り、収集と突き合わせ作業に明け暮れていた四十代の頃の作品。『万葉集』は巻二十までしかないのだが、夢の中で信綱は巻二十五を見つけてしまう。歴史がひっくり返る発見に、まだ見ぬ『万葉集』の歌が読める喜びに驚き、興奮しながら目を覚ましたのだろう。大発見が夢だったと分かっても胸がとどろきやまなかったという。数々の新発見をしてきた研究者信綱の思い入れが伝わってこないだろうか。

『万葉集』には多くの謎がある。『万葉集』の成立に深くかかわり、「因幡国庁に国郡司等を賜る宴の歌」で『万葉集』の最後を飾った大伴家持*は、その後詠わぬ歌人となってしまう。家持が詠わなくなったのは何故だろうか。更に『万葉集』は序文が発見されておらず、編纂者が誰だったかが分かっていない。『万葉集』の多くの謎が信綱にあと五巻分の存在の夢を見させたのであろう。

*大伴家持――旅人の子。越中守・中納言など地方・中央諸官を歴任。万葉集で歌数が最も多く、万葉集の編纂者の一人と目されている。（七一八？――七八五）万葉末期を代表する歌人。

19

人の世はめでたし朝の日をうけてすきとほる葉の青きかがやき

出典『常盤木』

私が生きている世界はなんと素晴らしいことであろうか。朝の陽光が透き通って青葉が輝いている。

五十代はじめの歌集『常盤木』の巻頭歌である。朝の陽を受けて透き通る青葉の輝きにこの世に存在することのめでたさを重ねて見る一首。上の句は大振りだが、下の句が具体的に描かれているため、鮮明に一首のイメージを描くことが出来る。

信綱は穏やかな内容や明るく健全な歌意の歌を多く詠み、それらが上手かった。自分で歌を詠んでみると分かるが、明るい内容を詠い印象を残すことは難しい。穏やかで健全な歌意は一首を甘く着地させてしまうのだ。

しかし、信綱はおおらかで外連味のない歌を幼少期から晩年まで一貫して詠み続けた。おおらかな性格だったと言われているので気質が一番の理由であろうが、『新月』や『銀の鞭』の歌壇での評価があまり良くなく、『常盤木』以降、『万葉集』を基盤とした愛づる心に歌の本質を求めた事があげられる。

春ここに生るる朝の日をうけて山河草木みな光あり　『山と水と』

ありがたし今日の一日もわが命めぐみたまへり天と地と人と

短歌はものを愛でる心であるという信綱の態度がこういった人生を肯定的に世界を捉えた作品群を生んでいった。

20

いつまでもいつまでもわが舟を見る寂しきか秋の湖畔《こはん》の女

出典『常盤木』

湖畔にいる女は寂しいのだろうか。いつまでもいつまでも私が乗っている舟を見てる。

昭和三年十月の作。「箱根」という詞書のある連作で、

湯あがりの廊下を歩む身のにてり山松風の近うひびきく
二子の嶺《ね》日毎むかへば汝《なれ》も亦われに語らふことある如し
立ちとまり見かへれば闇の大底のまくらき中の青白き湖《うみ》

という歌も並んでいる事から、箱根の湯宿で数日遊行していた際の歌である事がわかる。湖も大きそうなので舞台は芦ノ湖で、「舟」とは芦ノ湖の遊覧

船であろうか。

日記を見ても湖畔の女と信綱の関係は記されていないので、遊覧船に乗っていた信綱が偶然気づいた湖畔の女性なのだろう。舟が出航し、信綱の視界から湖畔の景色が遠ざかってゆく中、湖畔の女性はずっと信綱の乗った舟を見ている。

「いつまでもいつまでも」というリフレインが舟を見続けている女性の存在感を引き立てる。また女性が抱えている愛惜や忘我などの心情を予感させる。

「寂しきか」と問い掛けの形は湖畔の女へ心を寄り添わせつつも深くへは踏み込めぬ信綱の距離感を表現しているのであろう。

旅の景色として一瞬だけ交差した湖畔の女と信綱の人生。そして埋められぬ距離。湖畔の見ず知らずの女性を信綱もいつまでも見つめたのだろう。

21

敷島《しきしま》のやまとの国をつくり成す一人とわれを愛惜《をし》まざらめや

出典『常盤木』

日本という国を成す一員として自分自身の存在を捉える時、自分をいとおしみ大切にせずにおられようか。

「武井大助君のコロンビア大学に留学する餞に」の詞書が添えられた一首。

武井大助は海軍軍人から安田銀行や文化放送の社長となった人物である。企業人であったと同時に戦中に『山本元帥遺詠解説』（一九四三年、畝傍書房）や歌集『大東亜戦前後』（一九四三年、紘文社）を刊行し、戦後は歌会始の召人《めしうど》を務め、歌人としての足跡も残した。

信綱と武井大助の関係は久松宏二*が詳細に書いているのだが、それによる

*「佐佐木信綱研究」4号・5号・7号・9号

と信綱と深い親交があった武井は「師弟の関係はいつしか筆跡をも見誤られるまで似せて了つた」と記す。熱海で暮らした信綱の家、凌寒荘の門札や、谷中にある信綱の墓碑は信綱の願いにより武井の筆によって銘がされている。

東京高等商業学校（一橋大学）を出て日本海軍に入った武井は大正六年から二年間アメリカへ留学する。

掲出歌は武井の門出に信綱が贈った贈答歌。

初句の「敷島の」は大和、日本へつながる枕詞。「日本という国を構成するその一員であるとした時、自分自身の存在を愛しみ大切にせずにおられようか。」と、海軍軍人であった武井に言祝《ことほ》ぎを送る。

「愛惜まざらめや」のそのままの意味は「愛しみ大切にせずにおられようか」であるがこの歌では反語であろう。「自愛の気持ちが発生するに違いない、しかしその自愛は戒めなければならない」と武井の資質を大いに認めつつ、戒める心を詠み込んでいる。

この歌を詠んだ大正六年、信綱は学士院恩賜賞*を受賞している。自戒の意味も込めた一首なのであろう。

＊学士院恩賜賞―巻末「略年譜」参照。

22

山の上に立てりて久し吾もまた一本の木の心地するかも

出典『豊旗雲』

山の上で雄大な木々と共に立っていると、私も一本の木であるような心地がするものだ。

「北海吟藻」という連作の中の一首。北海道狩勝峠《かりかち》での作である。二句までで自分の状境を提示し、三句目以降で「自分も自然の循環に混ざり込んだような心地がする」と感慨を表現している。信綱にはこういった自*然との一体感を詠んだ歌が多い。*佐佐木幸綱は「信綱には、自己溶解ないしは自己超脱への夢がつねにあったように思われる」と記す。

結句の「かも」は文を完結させ感動や詠嘆を表す終助詞で「…だなあ」「…ことよ」という意味。

一つ松幾代か経ぬる吹く風の声の清きは年深みかも

＊狩勝峠―日高山脈北方にある峠。石狩地方と十勝地方を結ぶ。標高六四四メートル。

＊佐佐木幸綱―昭和13（一九三八）年、東京生まれ。早稲田大学卒。河出書房の編集者を経て、早稲田大学教授。祖父信綱が主宰した短歌結社「竹柏会」とその機関誌「心の花」の編集に従

天の原ふりさけ見れば春日なる三笠の山に出でし月かも

市原王万葉『万葉集』巻第六・一〇四二

阿倍仲麻呂『古今集』巻九羇旅

といった古い使い方で、中古以降は「かな」が使われるのだが、古語を使用し一首を引き締めている。

信綱は昭和二年八月、改造社主催の夏季大学講演のために札幌に赴き、その後北海道を旅している。北海道は新鮮な刺激を与えたようで、旅行から帰った信綱は「心の花」に「北海道の歌（上・下）」と「北海の歌補遺」あわせて九十五首を発表し、この連作を元にした「北海吟藻」を『豊旗雲』初版に六十四首、『佐佐木信綱歌集』の『豊旗雲』には一〇四首を収録した。

遠々し牧の上の空の真しら雲秋のこころはすでに動けり

藻岩山白雲なびく夕風にもだし帰りく放たれし牛

など北海道の雄大な情景を詠った歌や

亡びゆく種族が為の挽歌とも聞きの悲しさ古謡《ユーカラ》のしらべ

といったアイヌ文化への心寄る歌などが並ぶ。歌数からも、詠みぶりからも北海道から大きな刺激を受け、意識的に詠みこもうとしたかが伝わって来る。

事。骨格の太い男歌の発想で、人間の復権をもとめ、現実のダイナミズムに挑戦する作風。歌集に『群黎《ぐんれい》』（昭45）『直立せよ一行の詩』（昭47）『夏の鏡』（昭51）など。評論集『万葉へ』『極北の声』『詩の此岸』など。朝日新聞社「歌壇」の選者も務める。歌人俵万智の師でもある。

23

五十《いそ》とせを歩みわがこしこの道のはるけきに心いためり

出典『豊旗雲』

五十年を歩み我が来たこの歌道の遥かさに心を痛めてしまった

うつせみの命おほむねこの道にささげもて来つ嬉しとし思ふ

道の上に残らむ跡はありもあらずもわれ慶みてわが道ゆかむ

昭和四年、信綱が五十七歳の時に刊行した第四歌集『豊旗雲』の巻頭に置かれた序歌三首。二首目は「この世の命の概ねを歌道に捧げて来たことに充実感を感じている」、三首目は「歩いてきた道の上に足跡が残っても残らなくても、私は慎んでこの道をゆくのだよ」という歌意。「道」は信綱の歌によく出てくる言葉だが、歌の情景であり、また人生や歌道を意味している。

昭和五年刊行の『現代短歌全集第三巻　佐佐木信綱集』後記にて信綱は「（関東）大震災に際會して、校本萬葉集の復興に努力し、また元暦萬葉集大成本のために一年餘りを費しもして、歌數の少かつた時もあつたが、止まずに作歌を續けてゐたので、一集を編して刊行することとした。それが「豊旗雲」である。自分が歌を詠んでから五十年になつたので、父の恵をも思ひ、永い間よそ目もせずに一つ道をあゆんで来た、その記念の意味で出したのである。」と『豊旗雲』刊行の際の想いを記している。

関東大震災の被災、完成直前だった『校本萬葉集』の焼失と復興作業、そして愛弟子であった木下利玄*や九条武子*の四十代そこそこでの逝去。悲しく辛い経験や、諦念も含ませながら、自ら信じる「肯定の文学」と「道の自覚」とを確認し、前面へ押し出してゆく。

＊木下利玄―岡山県生まれ。東大卒。12歳で信綱の門に入り、終始「心の花」の同人。のち「白樺」の歌人として写実的歌風に独自の領域を開いた。歌集『銀』等。（一八八六～一九二五）

＊九条武子―京都生まれ。西本願寺法主大谷光尊の次女。信綱に師事。歌集に『金鈴』『薫染』等がある。（一八八七～一九二八）

24

うたびと君とこしへと思ふうつそみの短かかりつる命かなしも

出典『豊旗雲』

歌人の君よ、永久と願う。この世の人の短い命は切なく悲しいなあ。

利玄の若き死を悼んだ挽歌。「うたびと」は歌人、「うつそみ」は現身《うつせみ》の古形。上の句の「うたびと君」からは、若かった利玄が歌人として人生を終えた事への敬意が伝わってくる。後半は一人の人間の現身の命と歌人や作品として長らえる命を対比させ、鎮魂や諦念としたのだろう。

街をゆき子供の傍を通る時蜜柑の香せり冬がまた来る　木下利玄『銀』

牡丹花は咲き定まりて静かなり花の占めたる位置のたしかさ

口語的な発想や四四調《よんよんちょう》などの破調、俗語を多用し、官能的、感傷的な歌を詠んだ木下利玄も信綱の弟子の一人であった。

利玄は旧足守藩主子爵利恭の養嗣子として五歳で上京、学習院中等科二年の頃に「心の花」の門を叩く。信綱は早々に利玄に歌の才能を見つけ、曙会（竹柏会の若手の勉強会）や合同歌集に参加させるなどして利玄を大切に育てた。利玄も期待に応えて才覚を伸ばし、東京帝大国文科で同級生だった志賀直哉や武者小路実篤らと『白樺』を創刊。窪田空穂や島木赤彦らの影響も受けながら「利玄調」を確立。白樺派の代表的歌人の一人となる。しかし結婚後もうけた三人の子供のうち二人に先立たれ、自身も四十歳の若さで肺結核により死去する。

蘭の香のただよひ清み真白玉うつくし人は眠りてありけり

『豊旗雲』の利玄への挽歌の隣りには九条武子への挽歌が掲載され五十代の信綱の失意を想像する事が出来る。

＊四四調――一句七音のところを字余りの八音とし、それを四音ずつに分けたもの。

25

天をひたす炎の波のただ中に血の色なせりかなしき太陽

出典『豊旗雲』

空を浸す炎《ほむら》の波の中で血の色をしている　ああなんと悲しい太陽であろう。

関東大震災*について詠った連作「大震劫火」の中の一首。関東大震災は相模湾沖を震源とした大正関東地震に加え、能登半島付近に位置していた台風の風が合わさり関東一帯に火災旋風を引き起こした。十万人以上が亡くなったといわれる大惨事であった。信綱は東大付近で地震に合っている。

掲出歌は町の人々や建物が燃え、軋み、崩れたのと対照的に静かに太陽が空に浮かんでいるという情景。煙りや焼け焦げる臭いといった細かい描写が

*関東大震災――一九二三年（大正12）九月一日正午直前、関東全域と静岡県・山梨県の一部を襲った。マグニチュード7.9～8.2。死者・行方不明14万、家屋焼失45万。社会主義者や朝鮮人の不法逮捕・虐殺が起きた。

排され、血の色の太陽しか見えぬのは信綱の放心と悲しみの表れだろうか。

関東大震災の二ヶ月後に刊行された「心の花大震災號」によると電話局消失、貯金局焼失、図書館焼失の帝都にて信綱が「自分はあまりによわい、力が足らぬと、幾度か自分をむちうちもした。(中略)夢のやうにむなしく日数を過ごした。」ものの「しかし、物がきはまれば亦ひらける。ある日ふと新たな力が胸のうちに湧くのを覚え」上野に「心の花」の仮事務所を開き「大震災號」を刊行した事が記されている。「大震災號」には、会員の消息、追悼の言葉、見舞いへの礼、仮の詠草の宛先、そして被災した歌人達の震災詠が掲載された。


　　ちりと灰とうづまきあがる中にして雄々し都の生るゝ声す

「大震劫火」の一連は自身や会員に向けた歌なのだろう。

関東大震災については窪田空穂や北原白秋も作品を残しており、阪神淡路大震災や東日本大震災の後に掘り起こされ、歌壇で震災詠のありかたが論じられた。

26

吾はもや此のうた巻を初《うひ》に見つ千とせに近く人知らざりし

出典『豊旗雲』

我こそは、この歌の巻物を初めて発見した！　千年もの歳月誰も知らなかった物だ！

「天元四年書写の琴歌譜を見いでし日に」という詞書が付けられた一首。「吾もはや」は「我こそは、まぁ！」という感嘆、「うた巻」は「歌の巻物」である。詞書の『琴歌譜』とは、平安初期に万葉仮名で書かれた琴の歌とその譜面の事。千年間誰にも知られていなかった巻物を発見した喜びを詠んでいる。

関東大震災で多くの資料が焼失した翌大正十三年、近衛家*は秘蔵の資料を京都大学図書館へ寄託。その際信綱は新村館長の好意で数々の古典籍に触れ

＊近衛家—藤原北家の嫡流。忠通の長男、基実を祖とす

る機会を得て、その中から「琴歌譜《きんかふ》」という巻子本を発見する。『琴歌譜』はそれまで数百年間人目に触れることがなかった文献で、信綱はその中から上代の歌謡十三首を発見し、日本の歌謡史に加えたのである。

信綱は日本各地の蔵や秘庫を探し、新資料の発見と論文の発表に務めた。歌学、和歌、歌謡等の歴史的研究の業績としては『成尋阿闍梨母集』や『建礼門院右京大夫集』の価値の紹介、*大隈言道の『草径集』の紹介。明治四十三年、水野家で資料発掘をしている中、『元暦万葉集』十四帖本を発見した信綱はその喜びを

年久に光うもれしうづだから宝の書《ふみ》は今し世に出でつ

と詠んでいる。

時間の中に埋没した文献の発見は、研究者信綱の最大の喜びであったのだろう。

る。近衛の称は屋敷が近衛通りに面していたことにちなむ。五摂家の一。

*大隈言道—江戸後期の歌人。福岡の商家の出。古典模倣を避け、実情・実景を直語で詠むことを実践する。「天保の歌」「商人の歌」を唱える。（一七九八〜一八六八）

27

山の湖《うみ》の暁しろきもやごもりしみらにおもふ天地《あめつち》の意《こころ》

出典『豊旗雲』

山の中の湖はいま朝焼けている。白い靄にこもって、太古のままに静まり返っている。

湖の夜明けを詠んだ一首。上の句は白い靄に満たされた朝の湖を細やかな表現で叙景している。「しみらに」は「ひまなく連続して」。大昔から変わらず繰り返されてきたであろう湖の朝の景を前に、信綱は自然の理や地球の意志をひしひしと感じているのだろう。上の句の幻想的な湖の風景から、天地の意という着地に信綱の自然観が現れる。

大正十四年、信綱は二月に木下利玄を亡くし「心の花」で追悼号を刊行、三月には自身の最大の業績となった『校本万葉集』を刊行し寄贈や祝賀会、記念会などで忙しい日々を送っている。それらが少し落ち着いたのだろう。八月に富士五湖に遊び掲出歌を含む「嶽麓吟」十一首を詠んでいる。日記に旅の行程は記されていないが、連作は「精進村にやどる」という詞書を付した一首から始まる。

雨をまじへ山より吹きく夜あらしの声の下びに虫の音きこゆ
山村《やまむら》の人すなほなり遇ひて語るどの人もどの人も皆よき人ぞ

精進村は現在存在していないが、虫の声が鳴り響く、人々が素朴な村であったのだろう。そして夜明けを意味する「黎明」という詞書を付して掲出歌と

日の在り処おほらかに明ししかれども天ぎらふさ霧いまだ深しも

という湖の夜明けの歌が並んでいる。

歌の舞台は精進湖《しょうじこ》。周囲五キロの小さな湖であるが、春夏秋冬に山の装いを湖面に写す美しい景観を持つ湖で、「東洋のスイス」と呼ばれていた。信綱も湖の景観に心を奪われたのだろう。歌集には収録していないが、

山の鳥いまだ声せずしののめの此の湖《うみ》ぞひを一人われ占《し》む
樅の木に巣くひ遊べるりすの子のやがてこん寒さわびしくあるべし

など湖畔の霧や朝焼け、動物たちを歌に詠みのこしている。

28

青空の下《もと》あへぎいきづくいかにか此の無数の人を飢ゑしめざらむ

出典『鶩』

青空の下、息を切らせて苦しげに働きはげむ無数の民衆をどうして飢えさせてよいものか。

「正述心緒」（正に心の動きを述べたもの）と題をつけた連作の中の一首。詠まれた時期は昭和五年八月で作品の舞台は日暮里から田端の町並みである。

前年秋のニューヨーク株式大暴落から始まった世界恐慌の波は昭和五年より昭和恐慌という未曾有の大不況を日本に招いた。生糸暴落、工場閉鎖、失業者の続出に加えて豊作飢饉も起きている。新聞には「東京に来たら餓死します。」という記事が掲載されている。

不安定になった経済状況下では、労働者によるデモや、経営者と動労者の騒動が各地で起こり、それと呼応するように共産党の大検挙、大衆党の結成、右翼の台頭が起こった。

そして経済政策での失策や、軍縮を押し進めた事で反感を持たれた浜口雄《お》幸《さち》が右翼活動家の佐郷屋留雄に銃撃されたのもこの年である。

歌壇ではプロレタリア短歌運動が起こり、プロレタリア文学の一環としての存在を主張するようになる。

*戦争の土産がこれだと指のない摺古木《すりこぎ》の足をつきつけてやれ
*資本家地主の番犬を葬れとビラ下げた竹槍につきささつてゐる犬の生首
*米も野菜も金さへ出せば来るものといつまで思ふか都会の奴等よ
*兵卒は哀れだ悲惨だ意志なしだ機械人形だまたかけだした

時代や労働者の苦しみや怒りがこめられた歌が多く残されている。*

信綱はこういった歌をほとんど詠んでいないのだが、そんな信綱でもこの歌を詠まずにいられぬ時代の空気があったのだろう。

*岡部文夫「浚渫船」
*中村孝助「小作人」
*中村孝助「小作人」
*浅野純一「党旗のゆくところ」
*出典：筑摩現代文学大系68「現代歌集」プロレタリア短歌集（一九二九年メーデー記念）抄

29

湯の宿のつんつるてんのかし浴衣谷の夜風が身にしみるなり

出典『鶯』

湯の宿で借りた浴衣は私にはつんつるてんであった。はみ出した腕や脛に夜風が冷たいぞ。

「湯の山」という十四首の連作の中の一首。『作歌八十二年』[*]の昭和四年の項に「(八月)下旬、四日市に月台荘を訪い、人々と共に湯の山に遊んだ」との記述があり、掲出歌の舞台は信綱の出身地に近い三重県四日市近郊の湯の山温泉。また月台荘とは校本万葉集の再版に出資した熊沢一衛の山荘である事が分かっている[*]。

昭和初期の日本人男性の平均身長は一六〇センチ前後だった。信綱は身長

＊『作歌八十二年』(一九五九年、毎日新聞社刊)。

＊「佐佐木信綱研究」7号、間宮清夫。

一七五センチ。当時としてはかなりの長身だった。借りた浴衣では脛や腕がはみ出てしまったのだろう。はみ出した手足に当り、しみる谷の夜風が想像できる。「つんつるてん」とは、衣服の丈が短くて足が出ているさまという意味だが意味と同時に調べが楽しい。浴衣を不恰好に着ている姿を楽しいひびきと共にユーモラスに描いたのだろう。

白雲は空に浮べり谷川の石みな石のおのづからなる

右の歌も同じ連作の歌。上の句で晩夏の空に浮かぶ白い雲を詠み、徐々に視線を下ろして無数の石が並ぶ谷の石原に着地する。視点は「石みな石　と」はさらに絞られてゆき「おのづからなる」と一つ一つの石がそれぞれ谷川に洗われ、砕け、現在の形となってその場所に存在しているのだ、と信綱らしい自然観に着地する。

空と無数の石の対比が面白く、背後に悠久の時間を想像させる。それぞれの時間を経ながら、石は今の場所にある。石薬師に生まれた自分もこうして今石薬師にほど近い四日市の湯の山へいるのだ、という感慨も含まれているのだろう。又、熊沢一衛が汚職事件で逮捕されたのも一つの背景であろう。

30

心ゆことほぐ我は、われをかこむ幾人が中に光いでよ、出でむ

出典『鶯』

私は心から学生たちの未来をことほぐ。このことほぎが私を囲む幾人かの学生たちの未来に輝き出でよ。きっと出るであろう！

「公孫樹がもと」という連作の一首。「大学講師を辞す」と詞書が添えられている。信綱は明治三十八年に東京帝国大学の講師に嘱され、昭和六年三月六十歳でその職を辞している。「心ゆ」は「心から」、「ことほぐ」は漢字で書けば「言祝ぐ（寿ぐ）」で「お祝いをのべる」の意味。「私は心から喜びの言葉を言う。我を囲む幾人の中に光よ出でよ、必ず輝き出るだろう」と高揚する気持ちと、未来への予祝をあげている。「光」は学生の未来に想像され

る国文学研究の未来の輝きである。連作タイトルが「公孫樹がもと」なので、若葉の茂ったイチョウの木から注ぐ柔らかな春の木漏れ日も重なっている。木漏れ日の中で、学生一人一人に傾けられる信綱の優しい視線が想像できる。

初句字足らずは前歌集『豊旗雲』の頃から信綱が多用している手法と渡英子*が記す。息を急くような感動を表しているのだろう。「我は、われを」「いでよ、出でむ」と同じ言葉を読点を入れて繰り返するのも信綱のよく使う手法で、調べを作りながら一首の意味を軽やかにしている。

「公孫樹がもと」の一連の他の歌には、

　若人を友とし教へかつは学びはやも過ぎにしか二十まり六とせ

という学生を「友」と表現している歌があり、掲出歌の読みを深めることができる。連作の最後は

　若人のむねあたたかし春の日の公孫樹がもとに相並び立つ

という記念撮影をしている歌である。二十六年間の誇らしい教員生活であったのだろう。

＊「佐佐木信綱研究」6号

31

はしるはしる地上のもの皆走る走れ走れ走れ走りやまずあれ

地上のものは皆懸命に走るのだ。走れ、走れ、走りやまずあれ！

出典『鴬』

一首のほとんどが動詞「走る」と命令形の「走れ」で構成された歌。まず「はしるはしる地上のもの皆走る」と状況を示し、「走れ走れ走りやまずあれ」と命令形でいっきに読み下す。

歌の腰となっているのは「地上のもの皆」であろう。地上に生を受けた者は生きる為に、未来の為に、生の宿命として懸命に走るのだ。少し走り疲れているのだろうか。「走る」は途中から命令形の「走れ」に変化し、自らを鼓舞し始める。「走りやまずあれ」は仲間や自分の後を継ぐ者へのエールにも読める。

この歌を収録した『鶯』は昭和六年刊。モダニズム短歌の影響も感じるが、信綱は当時既に六十歳。いかに新しい表現に挑み続けていたかが想像できる。

この一首の前には、

誰もかもしたりかほして同じさまのみにくき顔の並びたるかも
人間の一人なり其のたましひをふみひしぎすててかへりみずとや

という様な怒りや悲しみを詠んだ歌が並び、この「走れ走れ」と呼びかける歌が表れる。

信綱は当時東大講師退官、関東大震災被災、愛弟子であった木下利玄や九条武子の逝去など、多くの寂しい出来事を経験している。それでも自らに鞭を打って走るのだという決意の歌であると私は読んだ。

32

落葉松《からまつ》の林の道にひとりなりこのたか原のあしたを愛す

出典『鶯』

朝のカラ松の林道に一人立っている。この一人静かな高原の朝を、私は愛しているのだ。

「高原の歌」とタイトルのある十一首の連作のうちの一首。一連の歌の中には、

久にして友とくみし酒の薄ら酔山の秋風にふかれて帰る
虫の声なげくがごとし山上《さんじゃう》の夜風ひややかなり山を下らむ

との歌があり、情景は秋の高原、落葉松は葉を黄金色に染まっているのだろう事が分かる。

「あした」には「朝」と「翌日」の意味があるが、ここでは朝という時間帯だろう。「まだ人気《ひとけ》のない朝のカラ松の林道に私は立っている。この孤独で静かな高原の朝を私は愛しているのだ」と、高原の朝の空気に身を置く心地良さを歌に込める。

信綱は「道」を歌の情景によく使うが、それらの道は人生や歌の道、研究の道、在野の道を象徴している場合が多い。この落葉松の林道の清々しさにも、夏を終え、秋へ、そして冬への備えに移ろうとする信綱の人生が遠く繋がっているのだろう。*「これまでの業績に裏打ちされた自己に満足する心持ちが感じられる。自信に満ちあふれ、決して迷いのない、おのれの道を信ずる姿勢が見えて来る」と間宮清夫が鑑賞している。

『作歌八十二年』によると昭和五年八月の項に、「軽井沢に赴いて」としてこの歌が記されており一首の舞台が早朝の軽井沢である事がわかる。

＊「佐佐木信綱研究」6号

33

いつの日か見む人あらむわが文字の一つ一つにわが魂こもれ

いつか見る人がいるであろう。我が文字一つ一つよ我が魂を伝えて欲しい。

出典『鶯』

『鶯』は昭和六年に刊行された歌集。年譜を参照すると信綱は同年三月に東大文学部講師を辞し、八月「心の花」に「和歌に対する予の信念」を掲載し「広く、深く、おのがじしに」という信条を発表。九月に歌集『鶯』刊行とあり、人生の区切りや和歌研究、「心の花」の今後の展望を思いつつこの歌集を編集したであろうことが推測できる。

掲出歌は「正述心緒」という詞書がついた連作の歌。「正述心緒」とは『万葉集』の言葉で、正述心緒歌《ただにおもいをのぶるうた》「心に思うことを直接表現する」という意味。技巧によらない述懐歌である。

信綱の歌集を開くと序や後記に「現在の歌壇には不満がある」「学者としては成したが歌人としては成せなかった」といった事が記されている。この歌では、歌壇の主流から外れてしまっていた自分の歌や短歌の理想も、未来の優秀な歌人や学者が見てくれるであろうと、一文字一文字に魂を込めている。連作には他にも

おのが世に見る人なくも後の世に誤ただすよき師を待たむ

ひたぶるに何はおもはずますぐなる一すぢ道をあゆみ来にしか

といった信綱の人生観が現れた歌が並ぶ。信綱は「道」という語を多用する。自伝『作歌八十二年』の冒頭には、父弘綱から生後間もなく

言の葉の道つたへむとはかなくもわが命さへ祈らるゝかな

という歌を贈られ、その歌の通り、父弘綱が和歌を教育してくれた事、信綱自身も「言の葉の道」を引き継ぐ意志を固めつつ和歌史・歌学史・万葉学の研究等を作歌と並行して努めて歩んできた事が記されている。

引き継ぐべき伝統や先人の歌が並んだ言の葉の道を歩み、そして自らの先に未来の歌人や研究者を思い浮かべ、ひたすらに道を邁進し、そして言の葉の道と相対化しながら自身の生を捉えていたのだろう。

34

朝されば雲を、夕されば星をやどし千年黙ゐけむこれの山の湖《み》

出典『椎の木』

朝になれば雲を、夕方になれば星を写し、人に発見されるまで千年静かにたたずんでいるこの山の湖よ。

『椎の木』は昭和十一年刊行。六十代の信綱の歌が収録されている。年譜を追うと名古屋、伊勢、岡山、尾道、福岡、木曽川、恵那峡、京都、奥多摩、箱根…毎月のように旅をしていた事がわかる。

研究者としての仕事が多忙であった事や『思草』『新月』の評価が芳しくなく、研究者として認められつつも、歌人としては歌壇の中心に立てなかった事で、信綱の歌は旅行詠の割合が増えていった。『鶯』も大半が旅行詠で構成されてる。

旅行詠といっても講演や古書探索の旅である。『作歌八十二年』を開くと早朝に資料発掘に出かけ、宿に戻り資料整理をしたのち友人と夜遅くまで会い、数時間寝てまた資料発掘へ向かっている。一首一首の歌からそういった忙しさが伝わってこないのは資料発掘は学者として、作歌は歌人として行っていたからか。

掲出歌は連作「東北遊草」の中の一首。詞書に「十和田湖の口」とあるので、十和田湖子の口水門の辺りからおそらく西側に湖や御倉半島を眺めて詠ったのだろう。「けむ」は過去の推量。定点カメラを早送りするような情景が浮んでくる。

信綱はこういう大胆な視点で風景を詠んだり、「天地」や「千年」など大柄な言葉をよく詠う。当時主流を担っていた自然主義の観点からは「歌の言葉として大きすぎる」と批判される事も多かったが、和歌に親しかった信綱にとっては自然な言葉であったのだろう。この一首前には

流にそひ渓わけきはめ大き湖初《うみうひ》に見し人の驚異《おどろき》をおもう

という歌があり、元暦万葉集や琴歌譜を発見し、光を当てた学者信綱の時間感覚と遠くつながるのであろう。

35

山の上に秋の白雲あそぶなり人なる吾しうたた寂しも

出典『椎の木』

山の上に秋の白雲が遊ぶように浮かんでいる。人である吾はいよいよ寂しいなぁ。

「人なる吾し」の「し」は強意の副助詞。「うたた」は古語で「ますます、いよいよ」の意味、結句の「も」は詠嘆。歌意は「澄み切った山の上に秋の白雲が遊ぶように動いてゆく。人なる吾はいよいよ寂しいなぁ」となる。

年譜や著書から「寂し」の内容を想像することはできるが、一首の骨格は雲と吾とのメルヘンチックな対比と、存在の寂しさであろう。

ただ「吾」と詠うのでなく「人なる吾」とし雲との対比を際立たせる。

「雲」も信綱が好んで歌った素材である。

八重雲をとどろとどろに踏み裂きて天より下る瀧つ彦の神

朝雲のひかり秋と著し阿武隈のつつみの道に草はむ仔馬

他にも「布雲」「浪雲」等の名称や、雲の色、時間帯、形状などそれぞれ独自で多様な表現で詠い込んでいる。

また、雲に心を重ねたり、情景に配置して広がりをもたせる場合も多く、

ゆく秋の大和の国の薬師寺の塔の上なる一ひらの雲　『新月』

白雲は空に浮べり谷川の石みな石のおのづからなる　『鶯』

雲に問へば雲ただにす水に問へど水流れ去るいづら吾妹は

等、信綱の名歌とされている歌には雲が多く登場している。雲を多く詠み込んだ背景にあるのはやはり『万葉集』であろう。『万葉集』には約二百首の雲を詠んだ歌がある。万葉人とつながる一つの媒介であったのだろう。

36

百千国前に立つとも我が皇国正道《みくにまさみち》ゆくを誰か留めむ

たとえ百千の国が皇国の道理の前に立ち憚ったとしても、誰が正しい行いを抑止することができよう。

出典『椎の木』

「国際連盟脱退の日」という詞書がある一首。「皇国」は日本の事。「百千国」とは国連に加盟している国々であろう。

『椎の木』が刊行される五年前、大日本帝国は満州国建国が国際社会に認められなかった事を不服として国連を脱退し、その後アメリカ、中国、イギリス、オランダ、フランス、オーストラリア等の大国群を敵に回しながら第二次世界大戦へと突入してゆく。太平洋戦争の結果を知る我々からすると悲観的に見える日本の国連脱退だが、当時の国内での評価は真逆で新聞記事は国連で決別のスピーチを行った外交官松岡洋右を「わが代表、堂々の退場」と飾って報じ、松岡の帰国の船は拍手喝采で出迎えられた。

信綱の歌もそういった報道や国民感情に沿った時事詠の枠を残念ながら出ていない。

戦中、信綱は大手新聞社から依頼を受け、新聞記事を素材として短歌や軍歌の作詞をしていたことがわかっている。* 信綱作詞として有名な軍歌「勇敢なる水兵」や「水師営の会見」の歌詞も大部分が当時の新聞記事の文面と一致した。

また『椎の木』巻頭には「皇太子御生誕の祝歌」として「奉祝歌十六章」が掲載されたが、戦後に刊行した『佐佐木信綱歌集』では「奉祝歌五章」として十一首を削減している。当時の大衆感情や戦後の文学者の苦悩を知る素材となって残っている。

＊「佐佐木信綱研究」2号、武藤義哉

37

油うくほりわり川のをち方にくつきりと白き富士の半身《はんしん》

出典『椎の木』

――油の浮く運河の遠くの方に、雪の残った富士山がくっきりと見えている。――

「しごとを携へてニューグランドホテルに宿る」の詞書がついた一首。「ほりわり川」とは漢字で書くと掘割川、運河の事である。詞書から横浜の大岡川であることが分かる。『椎の木』の刊行は昭和十一年。水質汚濁の防止に関する日本の法律が出来たのは昭和四十五年であるから歌が詠まれた当時の大岡川には生活排水や中華街からの排水が流れ込み、水面には厚い油膜が浮かんでいたのだろう。

「をち方」は「遠くの方」という意味。「半身」とは富士山の雪が残っている上半分の事である。眼の前の油に濁った川に対比させつつ、遠方に山頂に雪を残した晩春の富士山を美しく描いている。

信綱は資料発掘で日本中を旅したが、旅の終わりにホテルに宿泊し、資料整理を行うのを常としていた。ハイカラ趣味で横浜ニューグランドホテルを愛用したようだ。

また、文献資料を発掘する旅と、著述校正を中心とする日常との間に、ホテルでの資料整理の日を設ける事で、旅と日常を区切り、帰宅後すぐに机で著述に取りかかれる様に仕事のリズム管理を心がけていた様である。

見かへれば壁の鏡はうつすなり労《つか》れたる人卓にむかへり
あまりにも夜《よる》のさびしさうち向ふ真白き壁に物いひにけり

という歌もあり、ホテルの一室で夜遅くまで作業をしていた事が伺える。

横浜ニューグランドの裏側には今でも横浜中華街があり、横浜港に注ぐ二級河川大岡川はとうとうと流れている。今はビルが立ち並び富士山はほとんど見えなくなってしまった。

38

戦は勝たざるべからず戦の後のたたかひに勝たざるべからず

出典『瀬の音』

戦争に勝たなければならない。戦争後の生活の戦いにも勝たなければならない。

太平洋戦争前年に刊行された歌集『瀬の音』より。冒頭の「戦《たたかひ》」はアメリカ、イギリス、オランダを中心とした連合国との戦争の事で、「これからやってくる戦争に絶対に勝たねばならない」と当時の日本国内の気迫を表している。後半の「戦の後のたたかひ」とは開戦後に訪れるであろう食料や物質の不足や混乱など様々な困難の事である。国内での困難に国民が勝つ事が、戦争の勝利には必要であるとしたのであろう。

『瀬の音』は上下巻に分かれた歌集で、上巻は

天つ声天よりひびく雲くらき亜細亜のそらに光みたしめ
歌人《うたびと》われ皇御軍《すめらみくさ》をたたへうたふわが言霊にこもれ命の
天皇陛下万歳とさけびて猶息たえずお母《かあ》さんと呼びてうつむきしといふ

といった支那事変の歌や、出征する同人への歌、国民を思う歌で占められている。

歌集の序文で信綱は「今や我が国は、有史以来の大事変に遭遇している。我等歌を以って立つ者は、歌を以って、皇恩国恩に報いまつり、奉公の忱を効すべき秋である。ここに椎の木以後の作品を一巻として、いささか愛国の微衷を披瀝せむとするのである」とし、文学者としての戦争への決意を述べる。

この後『愛国百人一首』*の選考を行ったり、新聞や雑誌の依頼を受けて翼賛的な歌を発表している。また戦傷者の慰問にも積極的で、病院にて百回以上の作歌指導を行い、傷痍軍人や盲目となった軍人の歌集も刊行。文学者、歌人として戦争に関ってゆく。

＊『愛国百人一首』――一九四二（昭17）年一一月二〇日、日本文学報国会選定、内閣情報局発表。大東亜戦争のさなか、国民の愛国心を涵《かん》養《よう》する歌かるたの普及という国家目的をもって選定された。

39

苦行人《くぎやうびと》この麻縄の鞭とりあげ血ぶくまで我をうちけむか我を

出典『瀬の音』

修行僧はこの麻縄の鞭で血が噴くまで自分の心身を打ったのであろう。

昭和十三年十一月、六十六歳の信綱は長崎と熊本の医大、福岡と佐賀の高校で講義するために九州へ赴き、途中浦上天主堂の付属館に立ち寄る。そこで、禁教時代のキリスト教信者達が自身の信仰の浅さを責める為に使った麻縄の鞭を見学し深く感激し「麻縄の鞭」八首（全歌集には七首収録）を詠んだ。

信者達が使い古した鞭から、信綱は信仰の精神に触れた。そして自身が短歌に捧げてきた精神と、信者がキリスト教に捧げてきた精神を比べ、信仰に達していなかった自分を発見してしまう。

炎なす信《しん》の心をもちつつなほ我を呵責しうちけむ鞭か

悲しかも苦行足《た》らざる我を我とむちうちうたむ此の鞭とりて

連作中の信綱は信者に成り代わりひたすら自らに鞭を振り、自己を省みる。麻の鞭は以降信綱にとって象徴的な存在となる。昭和三十一年刊『佐佐木信綱全文集』には「歌は美の宗教である」と記す。

信綱の弟子石川一成は、昭和三十五年に熱海凌寒荘を訪れ、信綱と面会するのだが、その際信綱の憤りに遭う。そしてその時の事を「先生は（中略）「麻縄の歌」を早口で次から次へと読まれ、身をのり出して、鞭で御自分を大きく打つような所作をなされて、「こうして自分を打つんです。打つんです。少くとも私はこうして自分を打って来ました」とものにつかれたようにいわれた。」と記している。（「心の花の歌人」「心の花小史・心の花の歌人と作品」）

信綱は弱い自分を歌でさらす事が少なかった。歌は他者の同情を峻拒して屹立すべきという信念があった。信綱にとっては珍しい一首と言える。

40

国思ふますらたけをが鋒心《とごころ》の行《ゆき》のまにまに行きけむ道か

出典『瀬の音』

―国を思う勇敢な男の鋭く尖った心が、歩み進んだ道であろうか。―

此の会《つどひ》に君が影なし酔さびに人騒げども心楽しまず
大き海の朝の渚あゆみつつ思ふに堪へずこもりゐ人を
夜に入りて霙となりぬ雄心に堪へつつはあらむ寒くあるべし

「斎藤瀏君を懐ふ」と詞書きが付いた四首。二・二六事件に連座し、豊多摩刑務所で五年の禁固刑に処せられた陸軍軍人斎藤瀏も信綱門下の歌人であった。

一首目「ますらたけを」は「勇ましくてりっぱな男。勇猛な武士」、「鋒心《とごころ》」は「鋭く尖った心」の意味。

二首目は普段斎藤と参加している歌の会が舞台。酒が入り賑やかさを増してゆく会は斎藤の不在を信綱に意識させる。

三首目は、昭和十一年八月、水戸での講演会後に大洗に泊まった際詠まれたもの。「こもりゐ」は「(刑務所に)籠り居る」の意味。自分の歩いている朝の渚から刑務所の斎藤の苦しみを想像する。

四首目は夜になって降りはじめた霙の冷たさから刑務所の斎藤の感じている寒さを想う歌。

斎藤瀏は信綱より七歳年下。日露戦争従軍中に負傷し、歌を詠みはじめ明治三十八年に「心の花」に入会、以降信綱と親交を深める。二・二六事件が起きた時点でもすでに三十年来の歌友となっていた。思い出が多いのだろう、信綱は事あるごとに斎藤を思い出して心配している。昭和十三年九月、斎藤は刑務所を仮出所し、昭和十四年四月に「心の花」から独立。「短歌人」を創刊する。『瀬の音』には「短歌人創刊号に」と詞書がされた祝歌六首が収録されている。

41

天皇陛下万歳とさけびて猶息たえずお母さんと呼びてうつむきしといふ

出典『瀬の音』

「天皇陛下万歳!」と叫んだ後も息絶えず、俯きながら母を呼んで兵士は死んだという。

太平洋戦争開戦の前年に刊行された歌集『瀬の音』の一首。歌集上巻は支那事変、南京入城などの時事詠、出征する心の花司人を鼓舞する歌や長歌、依頼を受けて詠んだ戦争詠や編集した「軍歌選抄」の歌など戦争詠だけで構成されている。

掲出歌は「戦線より帰れる陸軍将校の談を聞いて」との詞書がある。今読んでも悲しく伝わってくる内容である。結句の「いふ」が効いているのだ。伝聞として信綱も我々も生々しく兵士の最後の言葉を聞く。遠い地での兵士の死に様に対するやりようのない思いを抱く。

ひむがしの亜細亜を肩にせおふべき若人《わかうど》が上に青し大空
人と人と民族と民族と手とりあふ笑みつつ語る日よとく来れ
国の命身に負ふ持ちて己《し》が命国に献《ささ》ぐと戦へるなり
新たに興る亜細亜の礎といのちささげて戦へるなり

戦中の信綱はスローガン的な機会詠を多く詠んでいる。また病院を慰問し、戦傷者に対して百回以上作歌指導を行う。軍歌の作詞も手がけた。信綱の心境はどんなものであったのだろうか。

深夜《ふかよ》今し敵前にあらむ兵を思ひ置きし校正を又とりあげつ
命ささげ戦ふ健男おもひつつ心つつしみ文机による
吾がはらから海の外にして戦へり吾はた戦ふ歌選るわざに

『瀬の音』からは国文学者の戦争が示されている。

42

投げし麩の一つを囲みかたまり寄りおしこりおしもみ鯉の上に鯉

出典『瀬の音』

池に投げ込んだ一つの麩を囲んで、鯉の集団が揉み合っている。鯉の上に鯉が乗っている。

重り合う鯉の動きを詠んだ一首。大きな麩を投げ込んだのだろう。鯉はかたまりの様に集まりお互いの体の上に乗り上げながら麩を食べようとしている。

この歌の面白さは五七六八七の破調や「おしこりおしもみ」というオノマトペ、そして調べだろう。

「おしこりおしもみ」は漢字にすると「押し凝り押し揉み」だが、意味の重複や平仮名表記をみると、音を楽しむ為の表現である事が想像できる。「おし」の音のリフレインはひしめき合っている様子を想像させる。

また「囲み」「かたまり」「おしこり」「鯉の上に鯉」とカ行の音が多く配置し、声に出して読むと言葉が波打つのも信綱の作為の一つだろう。

起状ある調べが水しぶきをあげ、水面の輝きを反射させる力強い鯉の集団を想像させないだろうか。

一首の舞台は香川県高松市の栗林公園である。江戸時代初期、高松藩の治水工事より生まれた庭園で、園内には六つの池と十三の築山が配置されている。鯉を飼う風習は平安時代からあるが、江戸時代には色鮮やかな鯉が登場、明治以降は品種改良によって模様が大幅に増えていった。信綱が見ている鯉は何色だろう。力強い黒鯉か色鮮やかな錦鯉や緋鯉だろうか。

43

真砂路は汐気しめらひ小夜《さ》風のやや動き、現の夢ゆるがすも

出典『山と水と』

夜の砂浜の汐気を含んだおだやかな風が、私の夢を揺るがしている。

伊勢に戻った折の作。「月の富田浜」という詞書が添えられ、故郷の砂浜を歩く連作の後半に掲出歌が出てくる。

真砂路《まさごじ》とは「真砂の中の道」の意味。「しめらひ」は漢字にすると「湿らひ」、「夢」とは万葉学の研究や資料発掘、歌道の広布、良い歌を詠むことなど、信綱が日々苦心しながら実現しようとしていた事であろう。

久々に戻った故郷の夜の砂浜を信綱は歩いている。そこには汐気を含んだ

湿った夜風が穏やかに吹いている。故郷の風の穏やかさに対比されて信綱の夢が浮き立ってくる。この歌の前には

月よ月よ海よ海よこれの世に我も人もなしただに月と海

という歌があり、一首後には

月よ海よ世に執着の猶ありて人間の家に帰るかも我は

という歌が並ぶ。

物心ついた頃から和歌を習い、上京後は作歌と和歌研究に人生を捧げてきた信綱。自身の人生を肯定的に捉えている歌も多いが、自分の執着する歌とは何なのか、また短歌と引き換えにした多くのことや、歌に一生を捧げなかった場合の人生も幾度となく想ったのだろう。

上京せず、伊勢にとどまって送った人生はいかなものであっただろうか。それはそれで、砂浜の夜風のような穏やかで良い一人生であったかもしれない。

44　春ここに生るる朝の日をうけて山河《さんか》草木《さうもく》みな光あり

出典『山と水と』

春はここ生まれ。朝の光を受けた山河草木みなが輝いている。

晴の歌が上手かった信綱の特色が現れた一首。「新春の歌」という詞書があるので元旦か立春の作であろう。朝の光を受けて山河草木すべてが美しく、厳粛に輝いている。作者も朝の光を浴び、輝く心地がしているのだろう。春が始まる寿ぎをあげる。色彩的に美しい一首だ。

信綱の時代、歌壇の主流は藝の歌であった。日常を描き自己の内面を描く歌が評価され、晴の歌は古い歌として否定された。そんな中、信綱は「歌のもとゐは、めづる心である。あらゆる感動のうちで、物をめづる心は最も切である。しかして、めづる心の最も切なる、ひとをおもふ思に、歌ははじまる。」とし「風物自然の歌は、山川草木、鳥獣虫魚をめづる心が、自らにこれを成すのである。」と記している。また「地の心に人があり、地の形に山川草木がある。山川草木は地の歌である。」*と解釈し晴の歌、命に対する前向きな歌を執拗に詠み続け、新しい晴の歌を模索した。

この歌にはルビがない為、上の句の読み方に二つの説がある。一つは「はるここにあるるあしたのひをうけて」と「あ」の韻を重ねて読むのだという論。もう一つは「はるここにうまるるあさのひをうけて」と先ほどの読み方より韻を外した読み方。歌意に違いはないが、調べが異なってくる。

上の句には何故かルビが無い。信綱の意図はどちらであろうか。もしかすると様々な読まれ方を望んだのかも知れない。

＊『佐佐木信綱全文集』「詹詹録」歌のこころ―天地人

45

幼けどをのこ孫なりはたはたと全身全力もて廊下はせくなり

出典『山と水と』

幼いが男の孫である。はたはたと、全身全力をもって廊下を急いでいる。

熱海に移り住んだ代の信綱が刊行した歌集『山と水と』の中の一首。一冊の独立した歌集としてはこれが最後の歌集となった。信綱の七十歳〜八十歳の作が収められている。掲出歌は「新春の歌」の連作後に一首単独で出てくる。正月に信綱の元へ訪れた子供が連れてきた男孫なのだろう。「をのこ孫なり」という断定の助動詞からは男児を頼もしく見ている信綱の視線が感じられる。

「はたはたと」「はせく」のはの調べからは幼児の足音が聞こえてくる。「全心全力」という語からは幼児の真剣さが伝わってくる。何とも微笑ましい一首ではないだろうか。

信綱は八人の子供を授かり、三十人以上の孫を持った。孫の歌も多い。

*男の児なればこの五つご歳児の物ほうるきかぬ気性もほほゑましけれ　＊『鶯』

*ないたのは今ないたのはどこの鴉、ここの鴉とゆびさす、頬を　＊『黎明』

*いきいきと目をかがやかし幸綱が高らかに歌ふチューリップのうた　＊『山と水と』

どの歌からも子供らしい動作や表情、泣き声がありありと浮かんでくる。そしてその根元には孫に対して優しい視線を注ぐ信綱の愛でる心を感じる事が出来る。

信綱は穏やかな人物であったと言われているが、自身の息子や娘が詠んだ歌に対して厳しかったらしく、子供達のほとんどは短歌の道を離れていってしまった。しかし彼らは信綱の芸術的な才能を引き継ぎ、音楽家や絵描きとしてその才能を開花させる。

46

夜ふけたる千駄木の通り声高に左千夫寛かたり啄木黙々と

出典『山と水と』

夜のふけた千駄木の道、声高に伊藤左千夫と与謝野鉄幹が論じあい、そのそばを石川啄木が黙々と歩いている。

「左千夫」は「アララギ」を創刊した伊藤左千夫、「寛」は「明星」の与謝野鉄幹（本名与謝野寛）である。歌会後の夜ふけ、通りに伊藤左千夫と与謝野鉄幹が声高に語り合う声が響いている。おそらくは歌について論じているのだろう。歳の若い石川啄木は議論に参加せずに歩いているようだ。

一首には「成東への途上、伊藤左千夫君生誕之地の標木たてり。君と初めて会ひしは、鷗外博士の観潮楼歌会[*]にてなりき。与謝野君、石川君等と語り

*観潮楼歌会――33ページ参照。

つつ帰りぬ」という長い詞書が付いている。

明治四十年代、満州から帰国した森鷗外は「アララギ」と「明星」を接近させ、国風新興を立ち上げることを夢見て千駄木にある自宅二階で観潮楼歌会を主催していた。新派と旧派のつなぎ役であった信綱もそこに呼ばれ多くの歌人や翻訳家と交流を深めていた。

それから約三十年後、千葉県成東に行く途中だった信綱は「伊藤左千夫生誕の地」と記した標木を見つけ、若き日の観潮楼歌会の帰り道を回想したのだ。

「明治大正昭和の人々」には「偉大な体躯の持主左千夫君と、背の高い寛君のうしろに、やせすぎな啄木君と、自分とが影を並べて、月影を踏みつつ語りあって帰ったこともあった。」と記されている。

伊藤左千夫は信綱より八歳年上、与謝野鉄幹は一歳年下、啄木は十四歳年下だったがこの歌が収録された『山と水と』が刊行された昭和二十六年に生きていたのは七十代後半の信綱だけであった。

47

ひとすぢの精進心《そうじごころ》に昨日すぎ今日はた暮れぬ明日にあはば明日も

出典『山と水と』

精進する心に昨日は過ぎた。そして今日という日も暮れようとしている。明日があるならば明日もこうして精進して過ごすだけである。

太平洋戦争敗戦後に刊行された歌集『山と水』の中の一首。「熱海西山作」という連作の中にあり、歌の舞台は引っ越してきた熱海市西山にある凌寒荘である。晩年の信綱はこの凌寒荘にて『評釈万葉集』『万葉集事典』など五十冊を超える著書を執筆し、また熱海の自然や自身の著述編集校正作業を詠んだ歌を多く残している。連作には

夜に入れば秋らしき冷校正《ひえこうせい》のインク薄きにわが目しぶる
刪補《さくほ》に校正に昼も電灯の下にして目は疲るれどなほ
一巻《ひとまき》の書《ふみ》かきをへて夕庭の木蘭《もくらん》の花しづかに対ふ

などの歌が並ぶ。

「熱海西山作」の前には秘書であった村田邦夫の応召の歌が、後ろには大空襲によって亡くなった石榑正家族への挽歌がある。また同歌集には妻雪子への挽歌が収録されている。

自らの死も近いものとして意識していたのであろう。掲出歌には「明日があるのであれば明日も」の表現からは明日と同時に死が予感される。信綱が死を意識している事を考慮して読んだ時、

一巻《ひとまき》の書《ふみ》かきをへて夕庭の木蘭《もくらん》の花しづかに対ふ

といった歌も見え方が少し変わらないだろうか。熱海の山峡の家で信綱は歌人として最後の仕事に向かってゆく。

48

人いづら吾がかげひとつのこりをりこの山峡の秋かぜの家

出典『山と水と』

――妻はどこにいるのだろう。わがかげだけがひとつ山間の秋風が吹く家に残っている。――

二十首の連作「秋風の家」の一首。連作には「二十三年十月十九日、雪子うせぬ」との詞書がつく。七十五歳で亡った妻雪子への挽歌である「いづら」は「何処《いずこ》」の意。「雪子はどこにいるのだろう？私の影だけがひとつ山間の秋風吹く家に残っている」と妻に先立たれた空虚感を詠んでいる。「山峡」の語が人間の存在の小ささと対比されるのだろう。読後、広い空間に取り残された孤独感と秋風が胸に吹いて来る。

連作の中で信綱は雪子を探す。

雲に問へば雲ただに黙す水に問へど水流れ去るいづら吾妹は

「妹《いも》」は古語で男性から女性を親しんで呼ぶ語。居てもたってもいられず家から出て、亡き雪子の居場所を自然に問う。信綱の激しい悲しみにも係わらず雲や水は平然と流れて信綱は孤独を噛みしめる。

呼べど呼べど遠山彦のかそかなる声はこたへて人かへりこず

雪子を呼ぶ信綱の声と返ってくる遠山彦が対比されて描かれ、返って来ない雪この声が立ち上がってくる。雪子を探す歌はリフレインが多用され、何度も雪子を呼び探しまわる信綱の抒情が伝わってくる。また「山」はキーワードである。万葉集には死者は山中に迷よい込むとした歌がある。万葉集が血肉となった信綱はそれ故、山に叫ぶのである。

汝《な》が一生《ひとよ》尊しといはむ五十年《いそとせ》をただひたぶるに内に助けし

雪子はエッセイの名手で、結婚前は「婦人倶楽部」に寄稿もしていた。結婚後は四男五女を生み、信綱の秘書的な仕事に努めたようだ。文芸総合誌の要素が強かった初期の「心の花」には森鷗外の文章が多く掲載されているのだが、それは大家であった鷗外に気負わず雪子が原稿催促をしたからだということが雪子と鷗外の書簡から分かっている。

49

花さきみのらむは知らずいつくしみ猶もちいつく夢の木実《このみ》を

出典『老松』

花が咲くか、実がみのるかは分からないが、慈しみながら持ち、大切にするのだ。夢の木の実を。

「いつく」は「寵く」で「大切する、大切に育てる」の意味。万葉集に出る古語である。「咲くかどうか実るかどうかも分からない。しかし夢の木の実を大事に育てていくのだ」と夢見る事や信念の継続の大事さを表明している。

若さを感じる歌だが、この歌が詠まれたのは昭和三十二年。信綱は八十六歳であった。妻子に先立たれ、また太平洋戦争中に軍歌作詞や戦意高揚の歌を詠み、戦争に加担した責任を問われていた時期である。

信綱の門下であるとは言いづらい風潮も歌壇に広まっていたがそんな世論や自責の念の中、夢を大切に育てる気持ちを詠んでいる。この歌を最初に評価したのは、前川佐美雄であった。信綱の評価が下がっていたこの時代に佐美雄と五島美代子が信綱の弟子である事を表明し、信綱の名歌を積極的に発掘し論じていく。この一首については「『知らず』に感動する」と記す。また俵万智はこの一首について*「夢を見る勇気を詠んだものだと思う」と鑑賞している。

＊「佐佐木信綱研究」1号

掲出歌は「『花』六章」という庭先に咲いている花の連作の中に収められている。この一首の前には

　孤独のわが心なぐさむ庭の花一つがちれば一つが咲きつぎ

という一首が置かれ、作者の心情が花や植物に預けられ、掲出歌に至っている事がわかる。

50

ありがたし今日の一日《ひとひ》もわが命めぐみたまへり天と地《つち》と人と

出典『老松』

じつに有難い事である。天と地と人は今日の一日もわが命を恵んでくれた。

信綱の遺詠三首のうちの一首。ノートに書き残した最後の歌である。結句の読みは「アヽメとツヽチとヒヽトと」であろうと前川佐美雄が『秀歌十二月』の中に記している。「生きていることは実にありがたい。それは自分一人の力ではなく、天と地と人が与えてくれたものだ。」とありのままに感謝の気持ちを詠んでいる。平易な歌だが大掴みの結句や前向きで明るい生命観、穏健な調べ、信綱の特徴が揃った一首だ。

遺詠はあと二首。

西上大人長明大人の山ごもりいかなりけむ年のゆふべに思ふ

「西上大人」は西行法師、「長明大人」は鴨長明。「年のゆふべ」は「年の暮れ」という意味。「出家して山篭りをした西行も鴨長明も、山峡の家に住む私と同じように感じていたのだろうか。」と読み親しんだ先輩歌人に思いを馳せる。信綱が一番好きだった歌人は西行法師だった。『作歌八十二年』には幼い頃から父の書斎で西行の歌に触れ、いつの間にか歌を暗誦していた事、明治三十一年、吉野へ旅したおり金峰神社を詣で、「幼くから山家集に親しんでおった身とて、なつかしさに堪えられない」と感動した事が記されている。

空みどりに真ひる日匂ふ日金の山山草原はあたたかならむ

三首目は山の麓に立って詠っているような歌だが、下敷きとなったのは縁側から眺めた熱海の空と冬の庭木であろうか。信綱は最後まで穏やかな風景を「愛でる心」で詠み、昭和三十八年十二月二日午後四時三十分、九十二歳で没する。これらの三首は「心の花」新年号に載せるために作った歌であった。

和歌と短歌の境目、幾つもの戦争、激動の時代を生き、歌壇に沿わぬ作風でありながら、九冊の歌集と未収録歌集を含む佐佐木信綱歌集や全歌集、百冊以上の歌書を記し多くの人と自然、歌を愛で続けた生涯であった。葬儀に*は文壇・歌壇等、多くの人々が弔問に訪れた。

*葬儀―岩崎小弥太、高碕達之助、正田栄三郎、松下幸之助ら政財界の人々、そして窪田空穂、志賀直哉、土屋文明、堀口大学、川端康成といった文壇・歌壇の人々、心の花関係者、学会、芸能界等の人間が弔問に訪れた。

「心の花」佐佐木信綱追悼号より

歌人略伝

佐佐木信綱は明治五年六月三日、伊勢国鈴鹿郡石薬師村（現、鈴鹿市石薬師）に国文学者。歌人佐々木弘綱の長男として生まれた。幼少期から古今集や万葉集の教えを受けた信綱は歌の才能の萌芽を見せる。弘綱は信綱に高い教育を受けさせようと上京。神田小川町に籍を移した。東京移住後、信綱は二条派歌人高崎正風の門に入り二年間歌を学んだ後、十三歳で東京大学古典科国書課に入学。東大古典科にて国学者小中村清矩や木村正辞の教えを受ける。

十七歳で東京大学古典科を卒業した後は、高崎正風から宮内省御歌所に入るように勧められるもそれを辞し、民間にあって歌道弘布に専念する一生を選んだ。父弘綱との共著で『日本古典全書』（博文館）全十二冊を刊行したことを歌学者の第一歩とし、以降膨大な量の著書や合著を刊行。また作品や評論を多くの雑誌に発表してゆく。信綱の作品として有名な長詩「長良川」（明治26年）、軍歌「勇敢なる水兵」（明治28年）、唱歌「夏は来ぬ」（明治29年）はこの頃の作品である。明治三十一年には石榑千亦、井原豊作と「心の華」（「後に「心の花」と改題」）を創刊。当初は文芸総合誌として森鷗外、上田敏、幸田露伴等の歌壇外の原稿もしばしば誌上に掲載された。短歌革新運動の一翼を担いつつ歌集十三冊と二百冊以上の著書や合著を刊行する。大正11年には『梁塵秘抄』を発見し紹介。茂吉や白秋にも大きな影響を与える。大正14年には『校本万葉集』全二十五巻を出版し『万葉集』研究の基礎を完成させた。第一回文化勲章受章。斎藤茂吉とともに民間から初の歌会始選者となる。晩年は熱海で過ごす。享年91歳。

略年譜

西暦	和暦	歳	佐佐木信綱の事跡
一八七二	明治5年		6月3日 伊勢鈴鹿郡石薬師村に国学者、歌人佐々木弘綱の長男として誕生。
一八七七	明治10年	5	短歌を詠みはじめる。松阪へ移住。
一八八二	明治15年	10	上京し神田小川町に移住。高崎正風に入門。
一八八四	明治17年	12	東京帝国大学文学部古典科国書課に入学。
一八八八	明治21年	16	東京帝国大学文学部古典科国書課卒業。
一八九〇	明治23年	18	弘綱と共著で『日本歌学全書』全12冊の刊行を開始。
一八九五	明治28年	23	「勇敢なる水兵」を発表。
一八九六	明治29年	24	唱歌「夏は来ぬ」を作詞・発表。
一八九八	明治31年	26	竹柏会機関誌「心の華」を創刊。
一九〇三	明治36年	31	『思草』刊行。中国漫遊。
一九〇五	明治38年	33	東京帝国大学文科の講師となる。
一九〇九			『万葉集抄』を発見。

一九一〇　明治43年　37　『日本歌学史』を刊行。『元暦校本万葉集』を発見。

一九一一　明治44年　38　『梁塵秘抄』を発見、紹介。

一九一二　明治45年・大正1年　40　本郷西片町に引っ越す。文部省文芸委員から万葉集定本の作成の委嘱を受ける。

一九一七　大正6年　45　学士院恩賜賞受賞。

一九二四　大正13年　52　3月『校本万葉集』が完成し刊行を開始（～14年まで）。これによって『万葉集』研究の基礎を完成させた。

一九二七　昭和2年　55　『新訓万葉集』刊行。

一九三一　昭和6年　58　『万葉秘林』11種完成により朝日賞受賞。

一九三二　昭和7年　60　還暦記念として故郷に石薬師文庫を寄贈。

一九三四　昭和9年　62　帝国学士院会員となる。

一九三七　昭和12年　65　第一回文化勲章を受章。帝国芸術院会員となる。

一九四四　昭和19年　72　熱海市西山に移住。

一九四六　昭和21年　73　茂吉、空穂とともに新春歌会始詠進歌の選者となる。

一九四八　昭和23年　76　妻雪子逝去。『佐佐木信綱全集』刊行。

一九五一　昭和26年　79　第九歌集『山と水と』を刊行。

一九五三	昭和28年	81	『ある老歌人の思ひ出』刊行。奈良薬師寺境内に歌碑が建立される。
一九五六	昭和31年	83	『万葉集事典』を刊行。
一九五七	昭和32年	84	「心の花700号記念号」を刊行。
一九五八	昭和33年		心の花編集長であった三男の治綱が病没。
一九六三	昭和38年	91	12月2日急性肺炎のために熱海市の自宅で死去。享年91歳。墓所は東京谷中霊園の五重塔跡近くにある。江戸期和歌の資料を集めつつ死を迎えた。

解説　「愛づる心」——佐佐木頼綱

信綱は明治五年、四十歳と高齢だった佐々木弘綱の元に生まれる。父弘綱は伊勢出身で、本居宣長の養子本居大平の弟子である足代弘訓に教えを受けた歌学者であった。幼少期の頃から信綱は弘綱に連れられて旧派歌人の歌会に出席し万葉集の教育を受けた。

信綱自身歌が好きだったようで父の書斎に潜り込んで歴史書や歌や古典を読んだ事、山家集が好きだった思い出を晩年の著書『ある老歌人の思ひ出』に記している。上京後は高崎正風の門にくぐり、東大入学後は和歌研究に邁進する。旧派の影響を多大に受けて歌人としてスタートを切り、また現在でも

ゆく秋の大和の国の薬師寺の塔の上なる一ひらの雲　『新月』
大門のいしずゑ苔にうづもれて七堂伽藍ただ秋の風

といった端正な歌が印象に強い信綱だが、細かく読んでいくと歌人として多くの挫折や自問自答、自嘲や克己を繰り返しつつ、晩年まで新たな表現を試みていたことが分かる。

大学卒業後の信綱に大きな影響を与えたのは観潮楼歌会であった。明治四十年代、「アラ

ラギ」と「明星」を接近させ、国風新興を立ち上げることを夢見た森鷗外に呼ばれ、信綱は観潮楼歌会へ出席し、伊藤左千夫、与謝野寛、木下杢太郎、北原白秋、平野万里、吉井勇、石川啄木などと交流。また新派歌人や翻訳文学から強い影響を受け、

幼きは幼きどちのものがたり葡萄のかげに月かたぶきぬ　『思草』

の様な翻訳文学の影響が感じられる作品や、

ゑひにけりわれゑひにけり真心もこもれる酒にわれ酔ひにけり　『新月』

といったリフレインやオノマトペを多用した作品も多い。又、女性として詠み、自在に作中主体を変えた和歌的な短歌を試みている。自然主義が流行した近代短歌の歴史の中で、信綱の歌は高い評価を得られなかった。信綱自身の歌集の序に「自分は歌学者としては大成したが歌人としては大成しなかった」「歌人としては今の評価に不満がある」と記し評価に不満を漏らしつつも、六十歳で刊行した歌集で

はしるはしる地上のもの皆走る走れ走れ走りやまずあれ　『鷲』

といった現代短歌に混じっても遜色のない歌を詠んだり、また人工衛星を詠み込んだりして

おり、生涯新しい表現を模索していた事が窺える。

生涯を通して作品を追ってゆくと、信綱の作品は前向きな視点や歌いぶりが大きな特徴である事が分かる。詠み込む対象への視線が柔らかく、美しい。それは同時代の歌人と比較するとより明確に見えてくる事を「佐佐木信綱研究7号」にて清水あかねが提示している。

例えばトマトの歌として斎藤茂吉は

赤茄子の腐れてゐたるところより幾程もなき歩みなりけり

と赤茄子《トマト》が腐って捨てられたところを詠んでいるが、信綱は

ほほゑめばはつかに見ゆる片ゑくぼトマトが赤き白がねの皿

と白銀の皿の上のほほえましい存在としてトマトを詠んでいる。

明治前半に北海道や軽井沢で栽培されるようになったというキャベツの歌を並べてみると、

狂院のうらの畑の玉《たま》キャベツ豚の子どもは越えがたきかな　茂吉『あらたま』
あまつさへキヤベツかがやく畑遠く郵便脚夫疲れくる見ゆ　白秋『桐の花』
はつ春の日は明るうもしみとほるキャベツの畑《はたけ》枯れ草の丘　信綱『銀の鞭』

と、信綱の対象を見る視線の柔らかさを感じないだろうか。観潮楼歌会にて題詠で歌が詠まれているのでこうやって同じ対象でそれぞれの歌人の歌いぶりを比較する事は容易いのだが、こうして同じ対象を詠んだ歌を比較してゆくと、それぞれの歌人がどのような短歌観を持っていたかが見えてくる。信綱に関して言えば、信綱は新しい素材をかなり肯定的に捉え、素材としていると言えるだろう。

自らの歌に対する評価に不満を持っていた信綱が、物を歌い込む時にこれだけ前向きだったのはなぜか。その理由は信綱が記した「歌の言葉」という文章に探ることが出来る。信綱の短歌観が端的に示されたその短い文章なのだが、そこには

「歌の始まりは愛づる心である。」

「めづる心の最も切なる、ひとをおもふ思に、歌ははじまる」

「風物自然の歌は、山川草木、鳥獣虫魚をめづる心が、自らにこれを成す」

「哀傷の歌のごときも、めでのあまりにいたむ心からである」

「わが上代の歌を、其の遺つてをる歌から見るに、相聞の歌が多い。それは、めづる心の最も直接な故である。その外の歌も皆、めづる心がそのもとゐである。」

「万葉人がその真心をうたひあげた歌は、その真心によつて、千年後の今日、読む人の胸に迫るものが多い。吾等もまたすぐれた歌をのこしておいたならば、今より千年後の人も、必ずや今の吾等が声を聞くであらう。すぐれた歌は、永遠に輝き、永遠に生きてをる。歌の命は不滅である。」


といった具合に記されている。信綱はこの「歌の言葉」を気に入っていたらしく自分の文集

や短歌の入門書などの著書にたびたび引用し再録している。「歌の言葉」だけを読むといかにも格言という印象だが、信綱の生涯の作品を俯瞰して改めて読み直せば、おそらく信綱はこの言葉通りに作品を詠み続けたのであろう事が想像出来る。信綱は万葉人の短歌観にこの愛づる心を感じ、そして自らの歌にもその精神を引き継ごうとしたのだろう。

幼少期から和歌教育を受けて、故郷鈴鹿を離れ上京し十三で大学に入学し、以降歌道に尽くした信綱である。業績は多くも、軋轢や得られなかった物も多かったのだろう。

真砂路は汐気しめらひ小夜《さ》風のやや動き現《うつつ》の夢ゆるがすも　　『山と川と』

生ける文字か死せる文字かも読みゐたりし書《ふみ》をふと閉ぢて疑ひにける　　『常盤木』

雑音に心とられて危ふくもわがゆく道をたがへむとせし
われはわれの勝利者なりき然れどもいとも悲しき勝利者なりき

といった苦悩の歌、疲労の歌、自責の歌ももちろんある。しかしそれらは自嘲の歌や克己の歌へつながっている場合が多い。

願はくはわれ春風に身をなして憂ある人の門をとはばや　　『思草』

人の世はめでたし朝の日をうけてすきとほる葉の青きかがやき　　『常盤木』

歌と、歌の効用を信じている視線が信綱の歌の通続低音なのであろう。

読書案内

「心の花」　佐佐木信綱創刊、発行佐佐木幸綱　竹柏会（1898〜）

信綱が創刊した「心の花」は現在も継続して刊行されており、短歌の雑誌としては最古、雑誌としても日本で三番目に古い物となっている。国会図書館ではほぼ全巻を閲覧することが可能。信綱に関しては

「佐佐木信綱博士還暦祝賀記念号」1932年7月号
「竹柏園主祝賀記念号」1937年7月号
「竹柏園先生祝賀記念号」1948年8月号
「竹柏園大会・佐佐木信綱歌文集記念号」1956年8月号
「竹柏園先生九十賀記念号」1961年6月号
「佐佐木信綱追悼号」1964年4月号
「特集心の花83年史」（999号）1982年1月号
「特集「心の花」近代歌人論」（1000号）1982年2月号
「創刊100年記念号」1998年6月号

で大きな特集がなされている。

○

『ある老歌人の思ひ出—自伝と交友の面影』佐佐木信綱著　朝日新聞社　1953

晩年の信綱による回想録。幼少の頃の松坂の記憶や父弘綱とのエピソードなど、人間信綱としての細やかな思い出も多く記されている。

○

『佐佐木信綱文集』佐佐木信綱著　竹柏会　1956

「心の花」や一般紙に掲載した歌論、評論、随筆等を再収録している。信綱が歌への思いを記した「譚譚録」も収録されている。

○

『作歌八十二年』毎日新聞社　1959

信綱の人生年代記。0歳からの時系列で発表した歌や旅した土地、会った人物などが詳細に記されている。ただし晩年に記憶を頼りに執筆した書籍と思われ、おそらく信綱の記憶違いや誤記であろうと思われる箇所も多い。

○

『明治大正昭和の人々』佐佐木信綱　新樹社　1961

歌壇や心の花で出会った人物について記した交遊録。森鷗外、北原白秋といった歌人から、役人、業界人や歌舞伎役者などについても記されており信綱の交友関係の広さがわかる。

○

「短歌研究」1963年3月号

「信綱系歌人特集」として信綱や「心の花」歌人、そして自ら結社を立ち上げた元「心の花」

についての特集を組んでいる。

○

「短歌」1964年2月号

「佐佐木信綱追悼」特集号。各執筆者が信綱とのエピソードを記している。

○

『佐佐木信綱　短歌シリーズ・人と作品〈2〉』佐佐木幸綱　桜楓社　1982

信綱の孫、佐佐木幸綱による信綱の歌の鑑賞・評論。信綱の歌を再評価し、現在の信綱の歌の鑑賞の一つの基準となっている。

○

『佐佐木信綱全歌集』佐佐木幸綱編　ながらみ書房　2004

佐佐木信綱が発表した歌集の全てと没後に幸綱によって編集された遺歌集『老松』を収録。現在の定本となっている。

○

『佐佐木信綱の世界：「信綱かるた」歌のふるさと』衣斐賢譲著　中日新聞社　2008

三重県鈴鹿市長を務め、また佐佐木信綱顕彰会に所属している衣斐賢譲が信綱の歌五十首の成立の背景などを解説している。

○

「短歌往来」2013年11月号

佐佐木信綱（没後50年）特集号。信綱に関する評論や五首抄、著作概略などを掲載。

○「佐佐木信綱研究」　佐佐木信綱研究会　2012～

年に二回刊行されている佐佐木信綱の研究誌。歌集語彙研究、軍歌唱歌校歌の研究、戦時下の行動の特集など多くの角度から信綱にアプローチを試みている。

【著者プロフィール】

佐佐木頼綱（ささき・よりつな）

歌人。
1979 年東京都生まれ。
2017 年第28 回歌壇賞受賞。
2019 年度NHK 短歌選者。

佐《さ》佐《さ》木《き》信《のぶ》綱《つな》　コレクション日本歌人選 069

2019 年05 月25 日　初版第1 刷発行

著　者　佐佐木頼綱

装　幀　芦澤泰偉

発行者　池田圭子

発行所　笠間書院

〒101-0064　東京都千代田区神田猿楽町2-2-3

NDC 分類911.08　電話03-3295-1331 FAX03-3294-0996

ISBN978-4-305-70909-7

組版：ステラ　印刷／製本：モリモト印刷

コレクション日本歌人選　第Ⅰ期〜第Ⅲ期　全60冊！

第Ⅰ期　20冊　2011年(平23) 2月配本開始

No.	歌人	よみ	著者
1	柿本人麻呂	かきのもとのひとまろ	高松寿夫
2	山上憶良	やまのうえのおくら	辰巳正明
3	小野小町	おののこまち	大塚英子
4	在原業平	ありわらのなりひら	中野方子
5	紀貫之	きのつらゆき	田中登
6	和泉式部	いずみしきぶ	高木和子
7	清少納言	せいしょうなごん	圷美奈子
8	源氏物語の和歌	げんじものがたりのわか	高野晴代
9	相模	さがみ	武田早苗
10	式子内親王	しょくしないしんのう（しきしないしんのう）	平井啓子
11	藤原定家	ふじわらていか（さだいえ）	村尾誠一
12	伏見院	ふしみいん	阿尾あすか
13	兼好法師	けんこうほうし	丸山陽子
14	戦国武将の歌	せんごくぶしょうのうた	綿抜豊昭
15	良寛	りょうかん	佐々木隆
16	香川景樹	かがわかげき	岡本聡
17	北原白秋	きたはらはくしゅう	國生雅子
18	斎藤茂吉	さいとうもきち	小倉真理子
19	塚本邦雄	つかもとくにお	島内景二
20	辞世の歌	じせいのうた	松村雄二

第Ⅱ期　20冊　2011年(平23) 10月配本開始

No.	歌人	よみ	著者
21	額田王と初期万葉歌人	ぬかたのおおきみとしょきまんようかじん	梶川信行
22	東歌・防人歌	あずまうた・さきもりうた	近藤信義
23	伊勢	いせ	中島輝賢
24	忠岑と躬恒	みぶのただみねとおおしこうちのみつね	青木太朗
25	今様	いまよう	植木朝子
26	飛鳥井雅経と藤原秀能	あすかいまさつねとふじわらのひでよし	稲葉美樹
27	藤原良経	ふじわらのよしつね（りょうけい）	小山順子
28	後鳥羽院	ごとばいん	吉野朋美
29	二条為氏と為世	にじょうためうじとためよ	日比野浩信
30	永福門院	えいふくもんいん（ようふくもんいん）	小林守
31	頓阿	とんな（とんあ）	小梨素子
32	松永貞徳と烏丸光広	まつながていとくとからすまるみつひろ	高梨素子
33	細川幽斎	ほそかわゆうさい	加藤弓枝
34	芭蕉	ばしょう	伊藤善隆
35	石川啄木	いしかわたくぼく	河野有時
36	正岡子規	まさおかしき	矢羽勝幸
37	漱石の俳句・漢詩	そうせきのはいく・かんし	神山睦美
38	若山牧水	わかやまぼくすい	見尾久美恵
39	与謝野晶子	よさのあきこ	入江春行
40	寺山修司	てらやましゅうじ	葉名尻竜一

第Ⅲ期　20冊　2012年(平24) 6月配本開始

No.	歌人	よみ	著者
41	大伴旅人	おおとものたびと	中嶋真也
42	大伴家持	おおとものやかもち	小野寛
43	菅原道真	すがわらみちざね	佐藤信一
44	紫式部	むらさきしきぶ	植田恭代
45	能因	のういん	高重久美
46	源俊頼	みなもとのとしより（しゅんらい）	高野瀬恵子
47	源平の武将歌人	げんぺいのぶしょうかじん	上宇都ゆりほ
48	西行	さいぎょう	橋本美香
49	鴨長明と寂蓮	ちょうめいじゃくれん	小林一彦
50	俊成卿女と宮内卿	しゅんぜいきょうのむすめくないきょう	近藤香
51	源実朝	みなもとのさねとも	三木麻子
52	藤原為家	ふじわらためいえ	佐藤恒雄
53	京極為兼	きょうごくためかね	石澤一志
54	正徹と心敬	しょうてつとしんけい	伊藤伸江
55	三条西実隆	さんじょうにしさねたか	豊島恵子
56	おもろさうし	おもろさうし	島村幸一
57	木下長嘯子	きのしたちょうしょうし	大内瑞恵
58	本居宣長	もとおりのりなが	山下久夫
59	僧侶の歌	そうりょのうた	小池一行
60	アイヌ神謡ユーカラ	あいぬしんようゆーから	篠原昌彦

推薦する——「コレクション日本歌人選」

篠　弘

●伝統詩から学ぶ

啄木の『一握の砂』、牧水の『別離』、さらに白秋の『桐の花』、茂吉の『赤光』が出てから、百年を迎えようとしている。こうした近代の短歌は、人間を詠みうる詩形として復活してきた。しかし、実生活や実人生を詠むばかりではなかった。その基調に、己が風土を見つめ、豊穣な自然を描出するという、万葉以来の美意識が深く作用していたことを忘れてはならない。季節感に富んだ風物と心情との一体化が如実に試みられていた。

この企画の出発によって、若い詩歌人たちが、秀歌の魅力を知る絶好の機会となるであろう。また和歌の研究者も、その深処を解明するために実作を始められてほしい。そうした果敢なる挑戦をうながすものとなるにちがいない。多くの秀歌に遭遇しうる至福の企画である。

松岡正剛

●日本精神史の正体

和泉式部がひそんで塚本邦雄がさんざめく。道真がタテに歌って啄木がヨコに詠む。西行法師が往時を彷徨して寺山修司が現在を走る。実に痛快で切実な組み立てだ。こういう詩歌人のコレクションはなかった。待ちどおしい。

和歌・短歌というものは日本人の背骨であって、日本語の源泉である。日本の文学史そのものであって、日本精神史の正体なのである。そのへんのことはこのコレクションのすぐれた解説を読まれるといい。

その一方で、和歌や短歌には今日のメールやツイッターに通じる軽みや速さや愉快がある。たちまち手に取れるし、目に綾をつくってくれる。漢字・旧仮名・ルビを含めて、このショートメッセージの大群からそういう表情をぞんぶんにも楽しまれたい。

コレクション日本歌人選　第Ⅳ期

第Ⅳ期　20冊　2018年（平30）11月配本開始

61	高橋虫麻呂と山部赤人	たかはしのむしまろ とやまべのあかひと	多田一臣
62	笠女郎	かさのいらつめ	遠藤宏
63	藤原俊成	ふじわらしゅんぜい	渡邉裕美子
64	室町小歌	むろまちこうた	小野恭靖
65	蕪村	ぶそん	揖斐高
66	樋口一葉	ひぐちいちよう	島内裕子
67	森鷗外	もりおうがい	今野寿美
68	会津八一	あいづやいち	村尾誠一
69	佐佐木信綱	ささきのぶつな	佐佐木頼綱
70	葛原妙子	くずはらたえこ	川野里子
71	佐藤佐太郎	さとうさたろう	大辻隆弘
72	前川佐美雄	まえかわさみお	楠見朋彦
73	春日井建	かすがいけん	水原紫苑
74	竹山広	たけやまひろし	島内景二
75	河野裕子	かわのゆうこ	永田淳
76	おみくじの歌	おみくじのうた	平野多恵
77	天皇・親王の歌	てんのう・しんのうのうた	盛田帝子
78	戦争の歌	せんそうのうた	松村正直
79	プロレタリア短歌	ぷろれたりあたんか	松澤俊二
80	酒の歌	さけのうた	松村雄二